Der Tag, an dem mein Meerschweinchen Kriminaloberkommissar wurde

Brigitte Endres

DER TAG, AN DEM MEIN MEERSCHWEINCHEN  KRIMINALOBERKOMMISSAR WURDE

THIENEMANN

Neue Lieblingsbücher entdecken, in spannenden Leseproben stöbern, tolle Gewinne sichern und allerhand Lustiges und Wissenswertes erfahren – das bieten unsere neuen Newsletter für große und kleine Leseratten. Kostenlos anmelden unter www.thienemann-esslinger.de

MIX
Papier aus verantwortungsvollen Quellen
FSC® C014496
FSC
www.fsc.org

Endres, Brigitte:
Der Tag, an dem mein Meerschweinchen Kriminaloberkommissar wurde
ISBN 978 3 522 18391 8

Einbandgestaltung: Vera Schmidt
Innentypografie und Satz: Kadja Gericke
Schrift: Arno
Reproduktion: HKS-Artmedia GmbH, Leinfelden-Echterdingen
Druck und Bindung: GGP Media GmbH, Pößneck

5 4 3 2 1° 15 16 17 18

1. KAPITEL 

Ich war schon immer gern auf dem alten Stadtfriedhof. Dad hat mich oft hierher mitgenommen, als ich noch klein war. Ein super Spielplatz, auf dem man nicht geschubst wird oder in Katzenkacke fasst. Feine Krümelerde, zartrosa Regenwürmer und grün schillernde Käfer, Eichhörnchen, Spechte und Rotkehlchen. Ab und zu stieß mein Kinderschäufelchen auf einen ururalten Knochen, karamellfarben, glatt und leicht wie Porzellan. Als ich in die Schule kam, konnte ich dann nicht mehr so oft auf den Friedhof mit. Aber jetzt bin ich wieder öfter hier, allerdings nicht mit Dad, sondern mit einem Freund. – Freund? Ja, obwohl ich ihn immer noch sieze, möchte ich ihn, nach alldem, was wir zusammen durchgestanden haben, definitiv einen Freund nennen – und ich bin da sehr wählerisch. – Übrigens sitzt er neben mir auf der schwarzen Marmorplatte des Grabes, das wir immer besuchen.

Die Geschichte, ich möchte fast sagen – unsere Geschichte –, die ich, auf seinen ausdrücklichen Wunsch hin, heute in mein Smartphone spreche, würde ich zwar ohnehin nie vergessen. Definitiv NIE! Aber vielleicht schreibe ich sie eines Tages ja sogar noch auf und verkaufe sie an Hollywood – denn sie ist wirklich abgefahren!

Die bereits erwähnte Grabplatte trägt eine lateinische Aufschrift, die schon viel über den Mann sagt, dessen sterbliche Überreste – und wahrhaftig nur die! – darunter begraben sind. *Homo homini lupus*, was heißt: *Der Mensch ist dem Menschen ein Wolf*. Die bittere Bedeutung dieser Worte war mir leider schon bekannt, ehe sie mir an diesem Ort des Friedens wieder begegneten. Doch sollten mir die Ereignisse, die ich hier aufzeichne, die Abgründe der menschlichen Natur erst noch richtig vor Augen führen …

Aber ich fang jetzt einfach mal an. – Hoffe, der Akku hält durch, weil ich manchmal etwas zum Abschweifen neige.

Homo homini lupus. Ja, das ist so traurig, wie es wahr ist! Mum nervt mein negatives Menschenbild. Sie findet, eine fast Vierzehnjährige hätte die verdammte Pflicht, die Welt positiv zu sehen. Sie hofft immer noch, das sei nur eine vorübergehende Pubertätserscheinung, da sei man halt verletzlich und könne sich selbst nicht leiden.

NEIN!, es liegt nicht an der Pubertät, es liegt definitiv an der Menschheit. Abgesehen von eigenen deprimierenden Erfahrungen, bin ich jedes Mal bedient, wenn ich die Nachrichten einschalte und mir ansehen muss, was sich meine lieben Zeitgenossen binnen eines einzigen Tages alles so angetan haben.

In puncto Selbstwertgefühl hat Mum aber nicht ganz unrecht. Doch das bezieht sich nur auf mein Äußeres. Mir hat die Natur einen – sagen wir mal – nicht ganz so schlanken Körper geschenkt, dafür aber den Appetit eines Holzfällers und die Kurzsichtigkeit eines Maulwurfs. Beides unverkennbar Gene von Dad – Pech gehabt, gegen Gene kommt man nicht an. Schon auf meinen Kleinkinderfotos blinzle ich durch die reinsten Flaschenböden in die Welt. Daran hat sich nichts geändert, auch wenn Mum meint, dass mich die Brille intellektuell aussehen lässt. Okay, damit kann ich leben. »Schönheit vergeht, Dummheit bleibt«, sagt Dad. Das tröstet mich. Denn wenigstens bin ich nicht dumm – ich denke, das darf ich sagen, ohne gleich arrogant rüberzukommen. Obwohl sie mich bereits mit fünf eingeschult haben, weil ich schon lesen konnte, bin ich seither immer Klassenbeste gewesen. Die zweite Klasse hab ich dann übersprungen, weil ich mich sonst kaputt gelangweilt hätte. In diesem Punkt bin ich unangreifbar. Allerdings machen Überfliegernoten einsam.

Die Kinderbuchabteilung der Stadtbibliothek hatte ich schon mit neuneinhalb durch und dann machte ich mich über Dads Bibliothek her, und die kann sich sehen lassen. Was soll ein Kind auch machen, wenn es keine Freunde hat. Wobei das so eigentlich nicht stimmt – ich hatte nämlich einen Freund: den kleinen Henry. Seit wann ich ihn hatte, weiß ich nicht mehr, aber er begleitete mich einige Jahre lang. Der kleine Henry hat Mum und Dad ziemlich Kopfzerbrechen bereitet. Er wusste zum Beispiel immer, wo Mum die Schokolade versteckt. Natürlich bekam ich die Schimpfe ab, wenn dann wieder ein brauner Fleck auf dem Wohnzimmersofa pappte. Und einmal hat er unten im Laden eine sauteure Keramikurne runtergeworfen. Mum war stinksauer, als ich ihr tränenreich meine Unschuld beteuerte. Ich weiß auch noch, dass ich dem kleinen Henry nächtelang Geschichten erzählt hab. Und oft haben wir uns lustige Wörter zusammen ausgedacht, die meine Eltern aber gar nicht lustig fanden, weil die meisten mit *Arsch* oder *Scheiß* anfingen. Jedenfalls brachten sie mich zu einem Kinderpsychologen und der sagte, dass sie sich keine Sorgen machen sollten, und dass nur sehr fantasiebegabte und wortgewandte Kinder imaginäre Freunde hätten. Irgendwann blieb der kleine Henry schließlich weg, was wohl daran lag, dass ich größer wurde und Henry immer gleich klein blieb. Aber es war eine gute Zeit mit ihm, an die ich gern zurückdenke.

Ja, manchmal vermisse ich ihn sogar heute noch, denn ich tu mich ziemlich schwer damit, Kontakte zu schließen.

»Ich versteh das nicht, Valentine«, sagt Mum oft und schaut mich in dieser unerträglichen Mischung aus Mitleid und Ratlosigkeit an. »In deinem Alter hatte ich zig Freundinnen. Dein Bruder ist doch auch kein Einzelgänger und er ist im selben Haushalt aufgewachsen wie du.«

Ja, super, aber ich bin nicht wie Felix! Ich möchte fast sagen: leider. Sein Name ist Programm – der Glückliche! Anders als ich, kommt er ganz auf Mum. Er ist schlank, groß und blond und hat blitzblaue Augen, so ein Boygroup-Typ. Die Mädchen fliegen auf ihn wie Brummer auf einen Kuhfladen. – Okay, der Vergleich hinkt etwas, dabei hab ich echt nichts gegen ihn. Aber wir hatten früher kaum Gemeinsamkeiten, außer, dass er immer so supergute Noten in der Schule hatte wie ich. Felix ist sechs Jahre älter und das ließ er mich mit Vorliebe spüren. Sechs Jahre, das ist ja auch definitiv eine Menge. Als ich in die Grundschule kam, war er schon im Gymnasium, hatte Pickel und hörte Techno, während ich noch Bibi-Blocksberg-Fan war und mir einen Besen wie Kartoffelbrei gewünscht hab. Wir haben im Grunde nebeneinander hergelebt, bis er vor einem Jahr auszog. Mann, er hat ein Abi mit 1,2 hingelegt und auf Anhieb einen Studienplatz für Medizin bekommen! Das ist schon cool. Dad war darüber nicht so begeistert, weil damit feststand, dass er das

Geschäft nicht übernehmen würde und das heißt doch *Engel und Sohn*.

Mum allerdings war schon immer der Meinung, jedes Kind sollte das Recht haben, seinen Beruf frei zu wählen, und Felix sollte es mal nicht so ergehen wie Dad. Mein Vater wollte nämlich ursprünglich Buchhändler werden – das ist auch der Grund, warum wir geschätzt eine halbe Million Bücher im Haus haben. Das Einzige, was Mum an Felix' Berufswahl zu bemäkeln hat – sie mäkelt sonst nie an etwas herum, das Felix tut –, ist, dass er Pathologe werden will, weil sie sagt, dass man als Orthopäde oder Schönheitschirurg sehr viel mehr Geld machen kann. Da muss ich ihr recht geben, aber daran sieht man eben, dass auch Felix von der Umgebung seiner Kindheit geprägt worden ist.

Jedenfalls hat sie mir Felix in puncto Freunde immer als leuchtendes Vorbild vor die Nase gehalten. Ja, der schöne Felix war auch Klassensprecher … Ich müsse mich eben mehr bemühen … Aber Felix musste sich nie groß bemühen. Erstens sieht er, wie schon gesagt, verdammt gut aus. Zweitens waren seine Schulfreunde fast alle Jungs, und Jungs sind nun mal nicht halb so hysterisch wie Mädchen, wenn es um bestimmte Dinge geht. Dass Felix viel früher ausgezogen ist als die meisten seiner Freunde, liegt, wenn man mich fragt, genau daran – nämlich, dass keines seiner Mädels bei uns übernachten wollte. Dabei sind meine Eltern in dieser Hinsicht wirklich tolerant. – Mum hat es zwar fast das Herz gebrochen, als er seinen Kram gepackt hat, aber dann hat sie ihm sogar die Vorhänge für seine Bude genäht.

Wie dem auch sei. Anders als Felix stand ich auf der Beliebtheitsskala nie oben. Was soll's? Irgendwo hab ich mal ein superschlaues Zitat gelesen, von Schopenhauer, glaub ich. – Da heißt es sinngemäß: *Überlegenheit ist, wenn man die anderen nicht braucht und es ihnen zeigt.* Respekt kriegt man eben nicht geschenkt, wenn man dicke Brillengläser trägt und vier Kilos zu viel hat – Mum behauptet sechs, aber da übertreibt sie.

Nein, Leute, ich mach nicht mit bei Wer-ist-die-Dünnste-und-Schönste-im-ganzen-Land. – Ich hätte eh keine Chance. – So ziemlich alles, was die Mädchen in meiner Klasse interessiert, langweilt mich schlicht zu Tode, ihre Zeitschriften, die Musik, die sie hören. Dabei sind die meisten sogar zwei Jahre älter als ich. Außerdem hab ich definitiv kein Pink-Problem, ich hasse diese süßliche Bonbonfarbe. Und mit Castingshows kann man mich jagen. Ich kann einfach nicht ohne Brechreiz zusehen, wie diese Supergirlies so appetitlich und leider auch ebenso intelligent wie ein Pfund Schnitzel von den Medien verarscht werden. Da mutiere ich zur Hardcore-Emanze!

Und was die Jungs angeht – die sind dermaßen kindisch, dass ich mir manchmal vorkomme wie auf dem

Affenfelsen. Ich glaub, die Hälfte von denen ist sowieso auf Ritalin. Auch wenn sich das vielleicht so anhört, prinzipiell hab ich nichts gegen Gleichaltrige, ich hab bisher nur noch keinen getroffen, mit dem man sich halbwegs auf Niveau austauschen könnte.

Mum sagt, heutzutage könnte man Freundschaften doch auch übers Internet pflegen, das sei doch ein guter Weg, wenn man schüchtern ist.

Mum! Ich bin NICHT schüchtern! UND ich bin vor allem NICHT BLÖD! Diese sogenannten sozialen Netzwerke – von wegen sozial ... Da trauen sich selbst die Feigsten – die vor allem! –, dich vor allen zum Gespött zu machen. Eine in meiner Klasse haben sie dermaßen gemobbt, dass sie die Schule gewechselt hat. Okay, die Hellste war das Mädel nicht, aber trotzdem, das war echt fies! Am besten, man hält sich zurück – das ist meine Meinung. »Willst was gelten, mach dich selten«, hat Oma Engel immer gesagt und Mum fand das gut – aber das hatte rein familiäre Gründe.

Ups, soeben macht mich mein Begleiter darauf aufmerksam, dass ich endlich zur Sache kommen soll. – Ich will's versuchen, obwohl ich finde, das alles gehört irgendwie dazu.

Wie dem auch sei, seit das mit Bully passiert ist, kann ich über Abwechslung in meinen Leben nicht mehr klagen und inzwischen bringen mir die anderen sogar eine gewisse Bewunderung entgegen. Dass ich von klein auf eine Außenseiterin war, liegt definitiv auch an unserem Geschäft.

Einmal hat mich Olaf im Firmenwagen zu einem Kindergeburtstag gebracht. Die Kleinbürgermamas haben einen Heidenschreck gekriegt, als er den Kombi vor der Tür abstellte. Den meisten Menschen ist unser Gewerbe irgendwie unheimlich. Dabei ist es ein Geschäft wie jedes andere. – Für mich jedenfalls, ich bin schließlich damit aufgewachsen. Bestatter ist ein total vielseitiger Beruf. Und inzwischen ist mir auch klar geworden, dass es ein ungeheuer verantwortungsvoller Beruf ist, in dem man verdammt wachsam sein muss. Wer weiß denn schon, dass alljährlich weit über tausend Leute unter die Erde kommen, die KEINES natürlichen Todes gestorben sind, ohne dass das jemals aufgedeckt wird. Also ich wusste das nicht, bis ...

Aber ich will versuchen, die ganze Geschichte von vorn aufzurollen.

Es war an einem verregneten Herbstnachmittag, als Mum mich bat, Olaf eine Tasse Kaffee und einen Teller Kekse in den Keller zu bringen. Ich mag Olaf, er arbeitet schon so lange bei uns, dass er richtig zur Familie gehört. Vorher war er Maskenbildner in Berlin. Als er sich in Martin verknallte – Martin hat hier um die Ecke einen Friseursalon –, zog er zu seinem Liebsten. Aber in unserer kulturlosen Kleinstadt gibt es kein Theater, und als Dad die Stelle ausschrieb, bewarb sich Olaf und bekam sie auch.

»Olaf Sauerbier«, sagt Dad, »ist ein wahrer Zauberer auf seinem Gebiet.« Und da hat er hundertpro recht.

»Meine Kundschaft hält ja auch still und lässt mich machen«, sagt Olaf.

In unser Geschäft kommen zwei Sorten von Kunden, die einen gehen durch die Vordertür und die anderen werden durch die Hintertür getragen. »Die durch die Hintertür kommen, sind fraglos die Angenehmeren«, sagt Dad. »Mit denen gibt es nie Scherereien.«

Unser Haus ist ein großes Geschäftshaus. »Beste Innenstadtlage und inzwischen ein Vermögen wert«, sagt Dad. Aber verkaufen würde er nie. »Das Erbe der Väter verkauft man nicht!«

Die Wohnung ist in der Beletage – wie Mum den ersten Stock bezeichnet. Darunter liegt der Laden mit den Beratungsräumen, dem Abschiedszimmer und dem Büro von Frau Kuckelkorn, unserer Sekretärin. »Der Kuckelkorn entgeht nichts«, sagt Dad. »Die ist der geborene Buchhalter. Und dazu hat sie ordentlich Haare auf den Zähnen.« – Insofern ist sie wirklich die ideale Besetzung! Meine Eltern trösten, hören zu, machen Vorschläge, wie die Trauerfeier ablaufen könnte, und sind schon von Berufs wegen nett und einfühlend. »Wer ein Geschäft hat, muss lächeln können. – Altes chinesisches Sprichwort«, sagt Dad. Aber wenn es ans Zahlen geht, hält sich die Dankbarkeit der Hinterbliebenen leider oft in Grenzen. Und da springt unsere Frau Kuckelkorn ein und nervt die Leute, bis sie das Geld eingetrieben hat.

Im Erdgeschoss befinden sich noch der Aufenthalts- und der Umkleideraum für die Angestellten. Neben der Kuckelkorn und Olaf arbeitet bei uns noch Herr Hahn, der hauptsächlich Fahrdienste erledigt. Wenn viel los ist, springt Felix auch ab und zu ein, vor allem in den Semesterferien oder an den Wochenenden, und verdient sich ein bisschen Taschengeld dazu. »Jede x-beliebige Aushilfe kann man nicht nehmen«, sagt Dad. »Ernsthaftigkeit und Pietät sind in unserem Geschäft das Wichtigste. Wer den Toten und ihren Angehörigen keinen Respekt entgegenbringt, ist bei uns fehl am Platz.«

Tatsächlich trägt die Konkurrenz in der Hindenburgstraße das Wort sogar im Namen. *Bestattungsinstitut Pietät,* steht zwischen zwei schwarzen Palmwedeln auf dem Firmenschild. Ich find's ja kitschig, aber das ist Geschmackssache. Bei uns steht über dem Schaufenster ganz schlicht: *Bestattungsinstitut Engel und Sohn.* Falls ich mal den Laden übernehme – worüber ich manchmal nachdenke –, muss das natürlich geändert werden, denn ein Sohn bin ich ja nun definitiv nicht.

Dass wir zufällig *Engel* heißen, ist leider eine Herausforderung für einfache Gemüter. Eine Weile haben ein paar Witzbolde in der Schule versucht, mir den Spitznamen *Grabengel* zu verpassen. Aber mit so was können mich diese Blumenkohlgehirne echt nicht treffen. Ignorieren ist die einzig intelligente Antwort auf dümmliche Provokationen. Keine Reaktion = kein Spaß, also haben sie es bald wieder bleiben lassen. Das Dümmste, was sie sich mal geleistet haben, war, mir eine tote Maus in die Pausendose zu stecken. Weiß der Geier, wo sie die herhatten. Ich denk noch, was glotzen die eigentlich so blöd, als ich die Dose aufmach und den Kadaver eines Kleinnagers und einen Zettel mit der Aufschrift: *Bestatte mich!*, finde. Ich will jetzt nicht behaupten, dass ich keinen Schreck bekommen hab, ich bin ja nicht aus Beton. Aber nach dem ersten Adrenalinstoß hab ich die Maus am Schwanz gepackt, ein paarmal wie ein Lasso herumgewirbelt und dann losgelassen. Einfach so, wortlos und vor allem ohne den ersehnten Entsetzensschrei. Mann, da war echt was los! Ich hab sie kreischen lassen und bin cool wie ein Eiszapfen auf den Pausenhof stolziert. Zum Glück hatte Mum mein Käsebrötchen gut in Folie gepackt. Ja, die Schule ist ein Narrenschiff, aber da muss jeder durch. Im Großen und Ganzen ließen sie mich danach in Ruhe und heute käme wahrscheinlich keiner mehr auf so eine Idee. Ich ticke vielleicht auf etwas höherem Niveau als die anderen, aber ich bemühe mich, das nicht raushängen zu lassen. Überlegenheit und Überheblichkeit sind zwei verschiedene Stiefel. Überlegenheit ist die intelligente Variante der Überheblichkeit, die ja immer mit Dummheit gepaart ist. *Dummheit und Stolz wachsen auf einem Holz* – auch ein Spruch von Oma Engel.

Small Talk? – Klar, mit jedem und jederzeit, aber ich rede NIEMALS über das Geschäft. Dad sagt: »Unsere Kundschaft hat ein Anrecht auf Vertraulichkeit.«

Eine Frage krieg ich trotzdem immer wieder übergebraten: »Hast du schon mal 'ne echte Leiche gesehen?« Da schwillt mir dann echt der Hals. Erstens mag ich das Wort *Leiche* nicht, das hört sich an, als wäre ein toter Mensch eine Sache. – Am schlimmsten finde ich das Wort *Leichenschmaus* – mindestens so abartig wie *Kinderschnitzel* – Mahlzeit! Zu Hause sprechen wir meistens von Kunden oder Verstorbenen. Und zweitens: Ein Toter sieht normalerweise auch nicht anders aus als ein Lebendiger, es sei denn, er war schwer krank oder hatte einen Unfall. Natürlich hab ich schon Verstorbene gesehen! Viele. Von klein auf! Wo ist das Problem? Die Leute sollen sich nicht so viele Horrorfilme ansehen! Vor Toten braucht man sich echt nicht fürchten. Ich schlaf wie ein Baby, egal wie viele Kunden in unserem Keller liegen – von wegen Leichen im Keller – ha, ha! Eines muss man sich doch mal klarmachen: Es sind unfassbar mehr Menschen schon tot, als momentan leben. Aber wer stellt sich Beethoven schon als Leiche vor oder Lady Di oder Dschingis Khan? Es geht doch darum, was der Mensch geleistet hat, um das, was er für andere war. Das Andenken zählt! Das ist doch, was bleibt, wenn einer stirbt. Nicht die sogenannten sterblichen Überreste. – Aber ich will jetzt nicht zu philosophisch werden. – Dazu neige ich leider, ich stelle mir dauernd Fragen nach dem Sinn von Leben und Tod, aber eine Antwort hab ich noch nicht gefunden

Sorry, ich verlier mal wieder den Faden …

Also zurück ins Erdgeschoss, um mit der Hausführung weiterzumachen, weil es für die irrwitzige Geschichte, die noch kommt, wichtig ist, die Örtlichkeiten zu kennen. Eine Hintertür führt in den Hof und zur Garage. Dad hat letztes Jahr einen neuen Firmenwagen angeschafft. Normale Kombis sind, was die meisten Leute nicht wissen, nicht geeignet. Autos für die Branche sind Spezialanfertigungen. »Schweineteuer, der Neue«, sagt Dad. »Aber erste Sahne!« Anthrazitmetallic, immer auf Hochglanz – dafür sorgt Herr Hahn. Ich finde ja, dass die Bestatterwägen früher cooler ausgesehen haben. Ich schau mir gern die alten Familienalben an. Mein Ururgroßvater hatte noch einen, der von zwei schwarzen Pferden gezogen wurde. – Da, wo jetzt die Garage ist, stand früher der

Pferdestall. Aber auch der Wagen aus den Fünfzigern, den mein Opa noch gefahren hat, war cool. »Schnittig«, hat Opa immer gesagt. Ich mag das Wort *schnittig*, das hört man heute kaum noch. Schade, dass diese supercoole Kiste damals verschrottet worden ist. Der alte Mercedes war tiefschwarz, überall mit Chrom abgesetzt, und an den Fenstern hingen weiße Rüschengardinen. Wenn ich mir vorstelle, dass ich schon in ein paar Jahren den Führerschein mache, könnte ich heulen. Neben der Garage ist dann nur noch das Sarglager, während die Urnen vorn im Laden stehen, die schicksten im Schaufenster, das Mum immer sehr liebevoll jahreszeitlich gestaltet.

An dem Tag, an dem das mit Bully passierte, half ich Mum, eine Girlande aus Herbstlaub für die Auslage zu binden. Bully wuselte derweil zwischen den heruntergefallenen Blättern herum. Bully ist – besser gesagt – *war* mein Meerschweinchen. Ursprünglich hatte ich ja zwei Meeris. Den dicken Peppy, und den kleinen Bully, der zwar genauso alt war wie sein stämmiger Freund, aber nur halb so groß. Ich glaub ja, dass sich irgendwann ein Zwergmeerschweinchen in seinen Stammbaum geschummelt hat. Den starken Namen Bully hab ich ihm übrigens gegeben, weil er so klein und zierlich war. Bully war schwarz, mit einem verwegenen weißen Haarschopf und Peppy braun-rot. Tragischerweise schlüpfte Peppy im vorigen Sommer durch die offene Balkontür, stürzte in den Hof und segnete das Zeitliche. Olaf half mir, ihn im Vorgarten zu bestatten. – Er baute extra einen kleinen Sarg und stattete ihn mit einem Satinrest und viel Spitze aus, das fand ich total nett von ihm. Es war ein sehr würdevolles Begräbnis, das mich von dem Verlust etwas ablenkte. Bully leider weniger, er trauerte sehr um seinen Partner. Da Meerschweinchen eigentlich nicht einzeln gehalten werden sollen, dachte ich zuerst darüber nach, ihm einen neuen Begleiter zu besorgen, aber Mum sagte, wenn ich damit anfinge, jedes verstorbene Meeri durch ein neues zu ersetzen, hätte ich bis zum jüngsten Tag welche. Das leuchtete mir ein.

Damit Bully aber nicht so viel allein war, schleppte ich ihn seither meistens mit mir rum und ließ ihn oft auch in der Wohnung laufen. Allerdings war das Mum dann auch nicht recht, weil Bully erstens nicht ganz stubenrein war und zweitens auch gern mal Sachen anknabberte, die definitiv nicht auf der Liste für gesundes Meerschweinchenfutter stehen.

»Valentine«, sagte meine Mutter an jenem denkwürdigen Nachmittag. »Es ist gleich halb vier. Olaf wartet bestimmt schon auf seinen Kaffee. Bring ihm doch bitte das Tablett runter.«

Ich stand auf, setzte Bully auf die Schulter und ging zur

Anrichte. »Mhm«, sagte ich. »Sind noch mehr von den Keksen da?«

Mum warf mir einen sprechenden Blick zu.

Ich seufzte. Warum versuchte Mum andauernd, mir den Appetit zu verderben. »Wenn ich eines Tages magersüchtig werde, bist du schuld«, sagte ich.

Aber meine gefühlskalte Mutter runzelte nur die Stirn.

Ich griff mir also das Tablett, stieß mit dem Fuß die Küchentür auf und balancierte es zum hinteren Treppenaufgang, über den man in die Kellerräume kommt. Man darf sich unseren Keller nicht finster vorstellen. Kühl- und Versorgungsraum sind mit meterlangen Neonlampen taghell erleuchtet. Der Versorgungsraum, in dem hauptsächlich Olaf zugange ist, sieht eigentlich mehr aus wie ein Arztzimmer. Da gibt es einen Behandlungstisch aus Metall und Glasschränke, mit allem was man braucht, um einen Verstorbenen für sein letztes Fest würdig aussehen zu lassen. Schminksachen, weil die meisten sehr blass sind – totenblass wie man so sagt –, Rasierzeug, Haarspray, Kamm, Bürste, Föhn und Lockenstab und einige spezielle Instrumente, die aber nur in Sonderfällen gebraucht werden.

Ich hörte schon im Flur Olafs kleine Musikanlage dudeln. Olaf sucht immer Musik aus, von der er annimmt, sie würde seinem Kunden gefallen. Er ist davon überzeugt, dass die Seele noch Tage nach dem Tod über dem

Körper schwebt. Ich hab das immer für abgedrehten Esoquatsch gehalten, bis …

Aber eines nach dem anderen!

2. KAPITEL 

Ich öffnete mit dem Ellbogen die Tür zum Versorgungsraum und stellte mich dabei so bescheuert an, dass das Tablett in Schieflage geriet. In letzter Sekunde gelang es mir zwar, die Thermoskanne mit dem Kinn zu halten, aber die Keksdose knallte runter und Olafs geliebte Haferkekse kullerten munter über den Steinboden.

»Nicht so stürmisch!« Damit legte Olaf den Föhn neben den Kopf seines Kunden, zog die Handschuhe aus, und nahm mir das Tablett ab.

Als ich mich bückte, um die Kekse einzusammeln, verlor Bully den Halt und landete auf den Fliesen, wo er sich gierig auf einen zerbrochenen Keks stürzte.

»Ups!«, sagte ich, »Bully, das ist nichts für dich!«

Aber Olaf winkte ab. »Lass ihn doch, das kleine Stück wird ihm sicher nicht schaden.«

Während Olaf sich Kaffee einschenkte, warf ich einen Blick auf den Behandlungstisch. Ein Mann, nicht mehr jung, aber auch nicht uralt, obwohl seine Haare grau waren und sein Gesicht ziemlich zerknittert aussah.

»Ist das der Mann, dem der Hund gehörte?«, fragte ich.

Olaf nickte. »Das Tier hat mir wahnsinnig leidgetan!«

»Mir auch«, sagte ich.

Da war nämlich was ganz Verrücktes passiert. Kurz nachdem Herr Hahn und Olaf den Verstorbenen aus dem Wagen in den Kühlraum gebracht hatten, hörten Mum und ich oben in der Wohnung ein jammervolles Heulen, das aus dem Hof zu kommen schien. Wir rannten ins Erdgeschoss und kamen gerade dazu, wie Dad die Hintertür aufriss und wir alle einen Heidenschreck kriegten. Ein stämmiger, potthässlicher Hund drängte sich an uns vorbei und trabte schnurstracks Richtung Kellertür, wo er wie gestört am Türblatt kratzte.

»Wem gehört denn dieses Ungetüm?«, wollte Mum wissen. »Der ruiniert uns den ganzen Lack!«

»Schluss!«, rief Dad und zog den Hund beherzt am Halsband weg.

In diesem Moment kamen Olaf und Herr Hahn aus dem Keller. Mit Mühe konnte Dad das kräftige Tier davon abhalten, die Treppe runterzulaufen.

»Wie kommt der denn hierher?«, fragte Herr Hahn. »Das ist doch der Hund von unserem neuen Kunden.«

»War er dabei, als sein Herrchen gestorben ist?«, erkundigte ich mich.

»Denk schon«, gab Olaf zurück. »Der Mann schaffte es zwar noch, seinen Internisten anzurufen, aber der konnte ihm nicht mehr helfen. Darauf hat der Arzt gleich uns kommen lassen, weil er sich erinnerte, dass sein Patient bei uns eine Bestattungsvorsorge abgeschlossen hat. – Ja, das arme Vieh war ganz bestimmt dabei, als es passiert ist.«

»Wie schrecklich!« Ich betrachtete den Hund, der mittlerweile wie ein Mehlsack vor der Kellertür lag und leise vor sich hinwinselte. Er war definitiv keine Schönheit, aber irgendwie rührend mit seinen Hängeohren, dem faltigen Kopf und den tief liegenden Triefaugen.

»Ein Nachbar hat ihn Marlowe genannt, wenn ich mich recht erinnere«, sagte Olaf, während wir den vierbeinigen Eindringling ratlos anstarrten.

»Ein Bluthund, die sollen sehr treu und klug sein«, stellte Dad fest.

Mum verdrehte die Augen. »Das mag ja sein, aber er ist wirklich abgrundtief hässlich, wie man sich nur ausgerechnet diese Rasse aussuchen kann.«

Herr Hahn zuckte mit den Schultern. »Schönheit ist nicht alles. Der Hund soll ein ausgebildeter Polizeihund sein. Trotzdem, unglaublich, dass er hierher gefunden hat.«

Dad betrachtete den Hund nachdenklich. »Soviel ich weiß, eignen sich Bluthunde sehr gut als Gebrauchshunde.«

»Wie heißt es?«, sagte ich. »Schönheit vergeht, Dummheit bleibt. Und intelligent muss er sicher sein, sonst wäre er nicht hier. – Aber was passiert jetzt mit ihm? Gibt es denn keine Familie, die den Hund nehmen könnte?«

Olaf schüttelte den Kopf. »Wohl kaum. Der Mann hatte offenbar niemanden, deshalb hat er ja auch gleich die Bestattungsvorsorge vereinbart, als sein Arzt ihm sagte, dass er schwer herzkrank ist.«

Ich runzelte die Stirn. »Und ihr habt das arme Tier einfach sich selbst überlassen?«

»Was sollten wir denn machen?«, sagte Herr Hahn. »Der hat uns fast zerfleischt! – Wir hatten Mühe, die Bahre unbeschadet in den Wagen zu kriegen. Ich dachte, irgendein Nachbar kümmert sich schon um ihn. Aber das ist typisch – rumstehen und glotzen können die Leute, aber wenn sie gebraucht werden, ist keiner da.«

»Ich versteh nicht, wie der Hund es geschafft hat, den Wagen zu verfolgen!«, sagte Olaf.

Herr Hahn zuckte mit den Schultern. »Polizeihunde haben feine Nasen. – Du reißt ja immer das Fenster auf, kaum dass wir im Auto sitzen.«

»Weil andere sich sofort eine anstecken müssen, kaum

dass wir im Auto sitzen«, raunzte Olaf ihn an. »Von dem Zigarettenqualm wird mir übel. – Abgesehen davon wollen die Kunden nicht, dass ihre lieben Verstorbenen in einem Auto transportiert werden, das wie eine Eckkneipe stinkt! Das macht keinen guten Eindruck.«

Dad unterbrach das Geplänkel mit der noch immer offenen Frage: »Was machen wir jetzt mit dem Tier?«

Ich ging in die Hocke und strich dem Hund über den zerfurchten Samtschädel. »Armer Marlowe«, sagte ich. Der Hund hob seinen großen faltigen Kopf und sah mich so todtraurig an, dass mir fast das Herz brach. Ich sah Dad flehend an.

Er hatte meine unausgesprochene Frage verstanden und beantwortete sie mit einem hilflosen Blick zu meiner Mutter.

»Vergiss es!«, sagte Mum und bewies damit mal wieder, wie vorhersagbar ihre Reaktionen waren. »Für solche Fälle gibt es das Tierheim!«

Das alles war gestern Abend gewesen, und ich war immer noch enttäuscht, dass Dad den Hund weggebracht hatte. Erwachsene sind manchmal so unflexibel!

»Hoffentlich finden die im Tierheim bald ein gutes Zuhause für ihn«, sagte ich zu Olaf.

Er zuckte mit den Schultern. »Es wird nicht leicht sein, einen dermaßen hässlichen Hund zu vermitteln.« Mit einem nachdenklichen Blick auf den Behandlungstisch drehte er die Musik leiser.

»Was ist das?«, fragte ich.

Olaf zeigte mir die CD-Hülle. »*Blue Moon of Kentucky*. Ich dachte, vom Alter her könnte er Presley-Fan gewesen sein. – Aber ich weiß nicht recht, ob ich seinen Geschmack getroffen habe. Vielleicht hörte er lieber ernste Musik.«

»Oder er machte sich nicht viel aus Musik«, sagte ich und betrachtete den Mann nachdenklich.

Meiner Erfahrung nach haben die meisten Verstorbenen etwas Entspanntes, Friedliches, dieser hier aber sah irgendwie übellaunig aus. Seine hängenden Mundwinkel und die ausgeprägten Falten rechts und links seiner langen Nase ließen darauf schließen, dass er schon zu Lebzeiten kein Ausbund an Heiterkeit gewesen war.

Während Bully noch immer auf dem Fußboden an dem Keksstück mümmelte, kramte Olaf sein Smartphone heraus. »Ich hab übrigens neue Fotos von Stuart Little.«

Stuart ist Olafs zweijähriger Neffe, das süßeste und intelligenteste Kind aller Zeiten, selbst seine Windeln duften nach Vanille … Was blieb mir also anderes übrig, als mit geheucheltem Interesse die Bilder anzusehen. Während ich mir höfliche Äußerungen des Entzückens abzwang, und bei jedem Foto hoffte, es möge das letzte sein, geschah etwas, das uns jäh unterbrach.

In so rasender Abfolge, dass es sich jeder Beschreibung entzieht, ertönte ein gewaltiger Knall, ein Lichtbogen erhellte den Raum, dann ein markerschütterndes Quieken.

Ich hechtete hoch. »Bully!« Das Licht flackerte und dann: zappenduster.

»Scheiße!«, zischte Olaf und tastete sich im matten Schein seines Handys zum Sicherungskasten.

»Bully«, flüsterte ich in die Dunkelheit. »Bully?«

»Scheiße«, wiederholte Olaf, als das Licht wieder anging. Wie versteinert starrten wir auf das reglose Meerschweinchen, dessen Haarschopf wie eine Speerspitze nach oben ragte – neben Bully das Kabel des Föhns, bis auf die blanken Kupferdrähte durchgebissen.

Olaf deutete auf den Behandlungstisch. »Himmel auch! Der kann von Glück reden, dass er schon tot war.« Die grauen Haare seines mürrisch aussehenden Kunden standen ab wie bei einem Vollzeit-Punker.

Aber für Olafs Kunden hatte ich im Moment kein Auge. »Ob Bully …« Mir versagte die Stimme. Olaf presste die Lippen zusammen. Meine zitternden Hände griffen nach Bullys schlaffem Körper und zuckten elektrisiert zurück. Rückblickend würde ich diesen Moment beschreiben wie diese widerlichen kleinen Entladungen, die man abbekommt, wenn man mit Gummisohlen über Teppichboden geht. Doch so richtig registrierte ich das damals gar nicht. Am ganzen Leib bebend hob ich Bully hoch. Seine schwarzen Kulleraugen waren geschlossen, ich konnte keinen Herzschlag fühlen.

»Lass mich mal!« Olaf klappte eine Puderdose auf und hielt den kleinen Spiegel vor Bullys schwarze Nase. Nach einigen endlosen Sekunden erschien ein kaum sichtbarer Schleier. »Ich glaub, er atmet wieder«, sagte Olaf. »Aber er ist noch bewusstlos.«

»Wird er wieder?«, fragte ich leise.

Olaf verzog zweifelnd den Mund. »Das wünsch ich dir. Kommt drauf an, was sein kleines Gehirn abbekommen hat. – Du musst damit rechnen, dass er nicht mehr derselbe sein wird.«

Mann, jetzt im Nachhinein kommen mir Olafs Worte geradezu hellsichtig vor!

Ich machte mir die schrecklichsten Vorwürfe. Wieder einmal hatte ich nicht genug aufgepasst. Alles war meine Schuld, so wie damals bei Peppy. Ich hätte Bully nicht aus den Augen lassen dürfen. Ich hatte einen Fehler gemacht, der nicht wiedergutzumachen war. Verdammt, Bully musste durchhalten!

Es war ein wirklich scheußlicher Abend. Zwischen Hoffnung und Verzweiflung saß ich vor dem Käfig. Bully zuckte, und ab und zu blinzelte er sogar, aber ich hatte nicht das Gefühl, dass er mich wahrnahm. Ich hielt den Finger an seine Brust und bildete mir ein, dass sein Herzschlag allmählich kräftiger wurde. Vielleicht war ja noch mal alles gut gegangen. Vielleicht wachte ich morgen früh auf und Bully war wieder der Alte.

Diese Hoffnung sollte allerdings auf höchst überraschende Art enttäuscht werden. Der Alte war Bully am anderen Morgen definitiv nicht mehr.

Ich wälzte mich eine halbe Ewigkeit im Bett herum, bis ich endlich einschlief und völlig wirres Zeug träumte. Dann weckte mich ein Stöhnen, das ich zunächst noch für einen Traumfetzen hielt. Doch kristallisierte sich aus dem Stöhnen allmählich eine männliche Stimme heraus, die auch nicht verstummte, als ich die Augen aufschlug und die Nachttischlampe anknipste. Ich bin wirklich kein ängstlicher Typ. Ich glaube nicht an Geister und so was. Aber in diesem Moment gefror mir das Blut. Ich angelte beklommen nach meiner Brille und sah mich im Zimmer um. Dass Bully scheinbar quicklebendig durch seinen Käfig raste, nahm ich zwar wahr, aber nicht mit der gebührenden Erleichterung. Mein Gehirn hatte komplett auf Alarmbereitschaft geschaltet.

»Was zum Teufel …!«, hörte ich die Stimme sagen. »Erst dieser unrühmliche Abgang und jetzt das!«

Das Eigenartige war: Ich konnte die Stimme nicht richtig orten. Sie schien irgendwie in meinem Kopf zu sein und das versetzte mich in Panik.

Das hier war etwas anderes als die Sache mit dem

kleinen Henry. So jung ich damals auch war, ich wusste immer, dass der kleine Henry imaginär war und nach meiner Pfeife tanzte. Aber die Stimme, die ich jetzt hörte, konnte ich nicht steuern. Sie war auf völlig irreale Weise ganz real. Meine Kehle schnürte sich zusammen. Die Psychiatrien sind schließlich voll von Leuten, die Stimmen hören. Hatte ich plötzlich schizophrene Wahnvorstellungen?

»Hallo?«, flüsterte ich.

»Sag mir«, hörte ich die Stimme, »sag mir, dass das nicht wahr ist!«

Ich war zu perplex, um zu antworten.

»Ich bin kein Goldhamster!« Die Stimme klang verzweifelt.

Mir rann der kalte Schweiß über die Stirn. Was war mit mir los? Und warum rannte Bully wie ein Geisteskranker durch seinen Käfig? Urplötzlich blitzte ein absurder Gedanke auf, den ich aber sofort wieder verwarf, weil er so aberwitzig war, dass mir Schizophrenie als das kleinere Übel vorkam.

Bully blieb am Gitter stehen, machte Männchen und pfiff erregt.

»Bin ich ein Goldhamster?«, sagte die Stimme. »Heraus mit der Sprache!«

»Bi-bist du das, Bully?«, stotterte ich.

»Bulle? Ich hasse es, Bulle genannt zu werden!«

»Bully«, wiederholte ich. »Bully ist mein Meerschweinchen.«

Die Stimme schwieg. Bully drehte sich einmal um die eigene Achse, dann sagte die Stimme: »Ein Meerschweinchen also – auch nicht viel besser!«

Ich fühlte mich total umnebelt, so wie damals, als ich nach der Blinddarmoperation aus der Narkose aufwachte. Ich kletterte aus dem Bett und näherte mich mit bebenden Knien dem Käfig.

»Bully!«, flüsterte ich. »Geht es dir gut?«

Das Meeri kam ganz nah ans Gitter. Seine Barthaare zuckten, als stünden sie noch immer unter Strom. »Verflixt und zugenäht, ich bin nicht Bully! Ich bin Kilian Kasimir. Oberkommissar Kasimir a. D. – Ermordet werden ist weiß Gott unangenehm genug, aber als Meerschweinchen wiederaufzuerstehen ist wohl das Unangenehmste, was mir je passiert ist. Und glaub mir, ich hab in meinem Leben eine Menge Unangenehmes erlebt.«

Ich schluckte und sah mich erneut im Zimmer um. – Schätze, ich suchte damals unwillkürlich nach einem Geist, wie ich das schon so oft in Filmen gesehen hatte. Da erscheinen Verstorbene wie Projektionen, durchsichtig und nicht materiell, aber man kann ihre menschliche Gestalt trotzdem deutlich erkennen. Ich jedoch sah nur ein nervös mit den Barthaaren zuckendes Meerschweinchen vor mir.

In meinem Kopf ratterten die Gedanken. »De-der Föhn«, stammelte ich. »Der Stromschlag …« Ich stockte.

»Ein Stromschlag?«, wiederholte die Stimme in meinem Kopf. »Würdest du mich bitte aufklären!«

Wie in Trance begann ich zu erzählen, wobei ich mir der Abwegigkeit der Situation vollkommen bewusst war: Ich redete mitten in der Nacht mit einem Meeri. Als ich verstummte, schwieg Bully, besser gesagt Herr Kasimir, was mir damals noch schwerfiel zu akzeptieren.

»So war das also«, sagte er schließlich und lief hektisch im Käfig auf und ab. »Mein brillanter Geist befindet sich demnach in der unwürdigen Hülle eines Nagetiers und kommuniziert aufgrund eines paranormalen Phänomens mit einer pubertierenden Göre.«

Mir stieg die Galle hoch, auf das Thema Pubertät reagiere ich ziemlich allergisch. »Hey, ich bin fast vierzehn und du kannst froh sein, dass Bully dir seinen kleinen Körper geopfert hat.«

»Ich kann mich nicht erinnern, dass wir per Du sind.« Die Stimme in meinem Kopf klang verärgert. »Sprich mich mit Oberkommissar Kasimir an oder wenigstens mit Herr Kasimir!«

»Herr Kasimir«, murmelte ich kopfschüttelnd.

»Schon besser«, sagte Herr Kasimir rau. »Da wir ja nun auf schicksalshafte Weise verbunden sind, sollten wir uns mit Respekt begegnen. Ich entschuldige mich für die Göre – aber meine Nerven liegen verständlicherweise blank.«

3. KAPITEL

An dieser Stelle möchte ich kurz etwas über die bizarre Kommunikation mit Herrn Kasimir bemerken: Anfangs hatte ich gewaltige Schwierigkeiten, die männliche Stimme in meinem Kopf zu akzeptieren. Sie klang tief und oft ein bisschen herablassend – nicht auf Anhieb sympathisch. Schon bald stellte ich zudem fest, dass keiner außer mir Herrn Kasimir wahrnahm, alle sahen nur meinen kleinen Bully. Einzig sein Pfeifen hörten andere auch. Er pfiff immer dann, wenn ihn etwas sehr aufregte oder erschreckte. Es ist schwer zu beschreiben, aber es war, als bestünde eine Art ausschließlicher Verbindung zwischen ihm und mir, die ich im Nachhinein auf den Minischlag zurückführe, der von Bullys Körper auf mich übergesprungen war. Herr Kasimir schien gelegentlich auch meine Gedanken lesen zu können, was ich bis heute als lästig empfinde, da ich nie genau weiß, was er alles mitbekommt. Wenn ich ihn darauf anspreche, antwortet er ausweichend. Ich glaube ja, dass er mich ganz bewusst darüber im Unklaren lässt – das würde jedenfalls zu ihm passen.

In dieser Nacht saß ich bis zur Morgendämmerung vor dem Käfig und versuchte, mich zu sortieren. Auch das Meerschweinchen, in dem nun absurderweise ein Oberkommissar gefangen war, mühte sich um Einordnung der verstörenden Vorkommnisse.

»Ich fürchte«, sagte Herr Kasimir nach einer längeren Pause, »ich bin ganz und gar von dir abhängig. Und dabei weiß ich weder, wer du eigentlich bist, noch wo ich mich momentan aufhalte.«

Er hatte recht, er war von mir abhängig. Tatsächlich sollte ich aber schnell zu einer Mischung aus Meerschweinchen-Butler und Hilfsdetektiv mutieren – wobei Letzteres definitiv die interessantere Rolle war. Nachdem ich ihn darüber aufgeklärt hatte, wer ich war und wo er sich befand, musterte er mich lange. In seinem prüfenden Blick, der aus einem geheimen Ort hinter Bullys schwarzen Kulleraugen herzurühren schien, war etwas, das mir unweigerlich Respekt einflößte.

»Kurzsichtig?«, erkundigte er sich schließlich.

Ich schob verlegen die Brille zurecht und nickte.

»Gut«, sagte er. »Man darf das zwar nicht verallgemeinern, aber Kurzsichtige sind rein statistisch intelligenter als andere. Wusstest du das?«

Ich schüttelte den Kopf.

»Wie dem auch sei«, fuhr er fort. »Dann sind wir jetzt wohl ein Team!«

Ich nickte unsicher.

»Morgen werden wir die Ermittlungen aufnehmen.«

»Ermittlungen?«

»Oberkommissar Kasimir lässt sich nicht ungestraft ermorden. – Sie wird dafür bezahlen!«

»Wer? Was …?«

»Das erfährst du, wenn ich weiß, wie wir am besten vorgehen«, sagte Herr Kasimir. »Jetzt muss ich ein wenig die Augen zumachen. Die letzten Stunden hatten es weiß Gott in sich und ich bin todmüde – gewissermaßen buchstäblich todmüde.« Dann gähnte er, drehte sich um und verschwand in Bullys Schlafhäuschen. Und ich stolperte benommen ins Bett zurück.

Irgendwann muss ich wieder eingeschlafen sein. Ich wachte auf, weil Mum sich über mich beugte. »Valentine, es ist gleich zehn!«

Ich schreckte hoch. Nicht weil es schon so spät war, es waren Herbstferien, sondern weil mir schlagartig alles wieder einfiel. Mein Blick ging sofort zum Käfig.

»Wie geht es Bully?«, fragte Mum.

»Ich, ich glaub, er ist ganz okay«, stammelte ich. Der Gedanke, Mum oder sonst irgendjemandem etwas über die Ereignisse der vergangenen Nacht zu erzählen, kam mir nicht für einen Augenblick. Mir war völlig klar, dass sie mich sofort wieder zu einem Psychologen schleppen würden wie damals beim kleinen Henry. Andererseits hatte ich an jenem Morgen aber wohl auch noch die vage Hoffnung, alles nur geträumt zu haben.

Mums Blick folgte dem meinem zum Käfig hinüber. »Er scheint sich auszuschlafen. Das hätte gestern auch verdammt schiefgehen können. Dass du Bully auch immer herumschleppen musst. Irgendwann fällt er dir noch ins Klo.«

Im Meerschweinchenhaus raschelte es plötzlich, dann erschien eine schwarze Schnauze. »Valentine, schau mal«, sagte Mum. »Der Kleine wirkt ja schon wieder ganz munter.«

»Munter?« Herrn Kasimirs Stimme hörte sich heute Morgen an, als hätte er ein Reibeisen verschluckt. »Ich fühle mich so munter wie ein nasser Lappen!«

»Valentine.« Meine Mutter wandte sich mir wieder zu und da wusste ich, dass sie Herrn Kasimirs Bemerkung nicht mitbekommen hatte. Sie verzog das Gesicht. »Ich muss gleich los. – Du weißt ja, Zahnarzt.«

Ich nickte. Mum musste sich die Weisheitszähne ziehen lassen, heute war der letzte dran.

»Ich weiß nicht, wie's mir danach geht, deshalb eine Bitte: Der Mann mit dem Hund – du erinnerst dich?«

Ich war sofort hellwach. »Ja …?«

»Also, der hat doch eine Bestattungsvorsorge mit uns vereinbart. Darin hat er verfügt, dass er in einem schwarzen Anzug beerdigt werden will. Leider haben Olaf und Herr Hahn den nicht gleich mitgebracht. Dummerweise hat Dad heute aber einen Termin beim Steuerberater und Herr Hahn ist beim Orthopäden, er hat sich gestern mit einem Sarg verhoben. Die Kuckelkorn hat frei und Olaf muss hierbleiben, weil ein Massivholzsarg geliefert wird und die brauchen noch einen Mann zum Ausladen, und Felix geht nicht ans Telefon, ich hab's x-mal versucht. Um es kurz zu machen: Kannst du bitte die Sachen aus der Wohnung des Verstorbenen holen?« Mum strich mir über den Kopf. »Ich denke, du bist jetzt alt genug, das zu erledigen. Die Adresse und die Liste mit den Sachen, die du mitbringen sollst, liegen auf dem Küchentisch, ein Kleidersack hängt über dem Stuhl. – Den Schlüssel soll Olaf dir geben.«

Mums Anweisungen waren wie immer knapp und präzise und ließen keine Fragen offen. Deshalb nickte ich bloß.

»Man schickt kein Kind in die Wohnung eines Verstorbenen«, hörte ich im Hintergrund meines Bewusstseins Herrn Kasimirs Stimme.

»Ich bin kein Kind mehr«, sagte ich, offenbar so empört, dass Mum sich beeilte zu sagen: »Das weiß ich doch, Valentine. Sonst würde ich dich wohl kaum um diesen Gefallen bitten.«

Als sie aus dem Zimmer gegangen war, meldete sich Herr Kasimir: »Ich halte es, offen gestanden, nicht für angemessen, ein junges Ding, das noch nicht einmal geschäftsfähig ist, die Verpflichtungen der vertraglichen Vereinbarung zwischen mir und dem Bestattungshaus Engel zu erfüllen.«

Na super, dachte ich, der Herr Oberkommissar ist ein Nörgler. Ohne auf seine Einwände einzugehen, sprang ich aus dem Bett, öffnete wie jeden Morgen die Käfigtür, hob Bully bzw. die Inkarnation des Herrn Kasimir behutsam heraus und nahm ihn mit ins Bad, wo ich ihn auf den Boden setzte.

Als ich begann, mich zum Duschen auszuziehen, drehte sich Herr Kasimir demonstrativ von mir weg und pfiff empört.

»Junge Dame! Du vergisst, dass ein Herr in seinen besten Jahren anwesend ist.«

Ich schluckte. Daran hatte ich nun wirklich nicht gedacht.

»Zweifelsohne«, sagte Herr Kasimir, während er höflich in die Ecke starrte, »ist die Situation einigermaßen komplex. Keiner von uns ist wirklich darauf vorbereitet.«

Da musste ich ihm recht geben. War die Situation schon für mich äußerst schwierig, wie schwierig musste es erst für Herrn Kasimir sein, sich in dem ungewohnten Leib eines Kleinnagers zurechtzufinden, dessen Bedürfnisse und Fähigkeiten in krassem Gegensatz zu denen eines modernen Homo sapiens standen.

Die Karotte, die ich ihm zum Frühstück anbot, während ich mir die übliche Schale Müsli reinzog, rührte er nicht an und verlangte in so forderndem Ton nach Kaffee, dass ich die Espressomaschine anwarf.

»Ah«, stöhnte er nach dem ersten Schluck aus der kleinen Mokkatasse. »Du hast wohl keine Zigarette für mich?«

Ich schüttelte den Kopf. »Mum und Dad sind eingefleischte Nichtraucher. Nur unser Herr Hahn raucht, aber immer nur im Hof draußen.«

Herr Kasimir seufzte. »Dann muss ich mich eben gedulden, bis wir in meiner Wohnung mit der Spurensicherung beginnen.«

Ich sah ihn erstaunt an. »Spurensicherung? Sie wollten also heute sowieso mit mir in Ihre Wohnung gehen! Warum haben Sie sich dann vorhin bloß so aufgeregt?«

»Das eine hat mit dem anderen nichts zu tun«, sagte Herr Kasimir. »Ich kann ja wohl eine pflichtgemäße Erfüllung der Bestattungsvorsorge durch Fachpersonal erwarten. – Abgesehen davon hat es für mich jetzt aber absolute Priorität, diesen heimtückischen Mord aufzuklären.«

Ich hob die Augenbrauen. »Wie kommen Sie eigentlich auf die Idee, ermordet worden zu sein?«

Seine Barthaare begannen heftig zu zucken. »Ich weiß sogar, wer mich ermordet hat. Diese Frau verfolgt mich schon seit über einem Jahr.«

»Aber Olaf hat gesagt, der Arzt hat bei Ihnen Tod durch Herzversagen festgestellt.«

Herr Kasimir pfiff erbost auf und stellte sich auf die Hinterfüße. »Herz! Dass ich nicht lache! Erstens: Rein statistisch sterben die meisten Menschen an Herzerkrankungen. Ich selbst nehme seit Jahren Herzmittel und ...«

»Na ja«, unterbrach ich ihn. »Rauchen ist ja dann wohl nicht so ganz das Richtige.«

»Lass mich ausreden!« Herr Kasimir schnaubte. »Und zweitens: Was ist einfacher, als einen Herzkranken um die Ecke zu bringen? – Man verabreicht ihm eine Überdosis Blutdruckmittel! Das bemerkt kein Schwein! Der Arzt kreuzt dann auf dem Totenschein einfach *natürlicher Tod* an und die Sache ist gegessen. Mein Internist wusste schließlich, dass ich es mit dem Herzen habe.«

»So einfach geht das«, sagte ich erschrocken.

»So einfach«, wiederholte Herr Kasimir. »Ist dir eigentlich klar, dass weit über tausend Mordfälle im Jahr unaufgeklärt bleiben, weil irgendein Quacksalber bei *natürlicher Tod* sein Kreuz gemacht hat?«

Ich schob die Müslischale beiseite, mir war schlagartig

der Appetit vergangen. Eine erschreckende Frage schoss in mir hoch: Wie viele Mordopfer hatte das Bestattungsinstitut Engel wohl schon unter die Erde gebracht?

»Aber wie kann das passieren?«

»Unwissenheit, Schlamperei, Faulheit, Zeitdruck … da gibt es viele Gründe«, sagte Herr Kasimir, worauf seine rosa Meerschweinchenzunge weiter Kaffee schlabberte.

»Okay«, sagte ich gedehnt. »Und was jetzt?«

Herr Kasimir blickte hoch. »Ab sofort ernenne ich dich zu meiner Assistentin. In dieser erbärmlichen Fellhülle kann ich allein so gut wie gar nichts ausrichten. Wir fangen, wie gesagt, mit der Spurensicherung in meiner Wohnung an. Und was mir auch noch große Sorgen macht – was wird nun mit meinem Hund?«

»Marlowe?«, bemerkte ich. Herr Kasimir sah mich überrascht an. Als ich ihm von Marlowes Besuch im Bestattungsinstitut erzählt hatte und er erfuhr, dass Marlowe im Tierheim gelandet war, ließ er den Kopf hängen.

»Vielleicht kann man ihn im Tierheim mal besuchen«, sagte ich und stand auf. Dann nahm ich die Liste, die Mum mir hingelegt hatte, und den Zettel mit der Adresse, setzte Herrn Kasimir auf meine Schulter, wie ich es oft mit Bully getan hatte, und ging mit ihm in den Keller, um den Schlüssel zu holen. »Geht das da oben?«, sagte ich, weil ich fühlte, wie er um Balance kämpfte.

»Es muss gehen«, gab er zurück, während er sich in

meinen Pullover krallte, dass ich zusammenzuckte. »So hab ich zumindest das Gefühl auf Augenhöhe mit dir zu sein.«

Olaf war nicht da. Ich sah auf die Uhr. Er musste schon in der Mittagspause sein. Also öffnete ich auf eigene Faust den Metallspind vor dem Versorgungsraum, wo die Habseligkeiten unserer Kunden aufbewahrt werden. Alles, was ein Verstorbener so bei sich trägt, Schlüssel, Schmuck – was auch immer –, wird in Pappkartons verstaut, die üblicherweise den Angehörigen ausgehändigt werden. Ich nahm den Schlüsselbund aus Herrn Kasimirs Box und wandte mich der Treppe zu, als ich ein beredtes Räuspern hörte.

Ich drehte meinem Begleiter den Kopf zu. »Was ist denn noch?«

Die Spannung, mit der er sich auf meiner Schulter festhielt, steigerte sich.

»Ob es wohl möglich ist … ob es wohl möglich ist, noch einen Blick auf …« Er schien nach den richtigen Worten zu suchen.

Ich starrte ihn fassungslos an. »Sie wollen sich doch nicht etwa noch mal ansehen?«

»Wäre das möglich?«

Ich seufzte. »Warum? – Muss das wirklich sein?«

»Es wäre mir ein Anliegen.«

Wenig begeistert öffnete ich die Tür zum Kühlraum und schaltete das Licht an. Ein Schwall eisiger Luft klatschte uns von den weiß gekachelten Wänden entgegen. Herr Kasimir zitterte, was hundertpro nicht nur von der Kälte kam. Was für eine schwachsinnige Idee!, dachte ich. Warum tut er sich das an? Kopfschüttelnd steuerte ich auf eine abgedeckte Bahre zu, die zwischen zwei bereits geschlossenen Särgen stand.

»Soll ich wirklich?«

»Man muss sich den Dingen stellen!« Die sonst so energische Stimme von Herrn Kasimir bebte.

Widerwillig zog ich das Tuch beiseite. Herr Kasimir pfiff leise auf.

Olaf hatte ganze Arbeit geleistet. Der Mann auf der Bahre hatte nichts von einem Toten. Er sah aus wie ein gepflegter älterer Herr, der eben gut erholt aus dem Urlaub gekommen war und ein Nickerchen machte. Mir schien, dass Olaf ihm mit seinen Maskenbildnertricks sogar ein geheimes Lächeln aufs Gesicht gezaubert hatte.

Schweigend starrten wir auf Kilian Kasimirs sterbliche Hülle. Schwer zu beschreiben, was ich empfand, ein Sturzbach beunruhigender Gedanken raste durch meinen Kopf. Es war einer jener Momente, die ich, seit Herr Kasimir in mein Leben geplatzt ist, immer mal wieder durchmache. Das Gefühl, völlig neben mir zu stehen und alles wie in einem Film zu sehen.

Mein Begleiter beendete die Betrachtung, indem er in rauem Tonfall bemerkte: »So gut rasiert war ich nicht mehr seit 1985.«

Ich schreckte zusammen und sah ihn fragend an.

Er nickte und wandte sich ab. »Danke!«

Behutsam zog ich das Tuch wieder hoch und ging nach oben.

»Wann ist meine Beerdigung?«, fragte Herr Kasimir.

»Keine Ahnung«, erwiderte ich und schloss die Kellertür hinter mir. »Ich kann Dad ja mal fragen.«

»Gut, dann jetzt in meine Wohnung«, sagte Herr Kasimir. »Hast du ein Handy?«

»Klar.«

»Kannst du damit Fotos machen?«

»Sogar ziemlich gute.«

4. KAPITEL

Weil Herrn Kasimirs Wohnung in der Humboldtstraße lag, also nicht gerade um die Ecke, entschloss ich mich, mein altes Fahrrad zu nehmen. Genau genommen ist es Mums altes Fahrrad, ein schwarzes Hollandrad mit hohen gebogenen Lenkern und einer Dreigangschaltung. Mir reicht das völlig, ich will ja keine Rennen fahren. Außerdem steh ich auf Understatement. Dad wollte mir schon längst ein neues aufdrängen, aber ich muss mich doch nicht über ein High-Tech-Rad definieren. Mein alter Untersatz wird mir jedenfalls nicht gestohlen, obwohl sich das verrostete Schloss schon ewig nicht mehr absperren lässt. Auch Raddiebe sind heutzutage wählerisch.

Da sich mein Begleiter in seinem neuen Körper noch so ungeschickt anstellte, wagte ich es nicht, ihn während der Fahrt auf der Schulter zu transportieren. Deshalb zog ich mein Kapuzensweatshirt über und verfrachtete ihn in die geräumige Bauchtasche.

Es war einer dieser deprimierend grauen Herbsttage, die ich mir am liebsten von drinnen ansehe. Ein früher Frost hatte die letzten Rosen in den Vorgärten braun werden lassen. Es nieselte und ein schneidender Wind trieb welke Blätter über die Straße. Alles war irgendwie auf Absterben programmiert.

Mir kam plötzlich der Gedanke, dass die Sache mit Herrn Kasimir eine einmalige Gelegenheit war, endlich mal jemanden fragen zu können, wie das war: das Sterben. Unsere Kundschaft nimmt dieses dunkle Geheimnis ja ausnahmslos mit ins Grab. Das Thema hatte mich schon immer brennend interessiert. Irgendwann kommt das ja auf jeden mal zu, und außerdem finde ich, in unserer Branche sollte man sich unbedingt damit auskennen. In Dads Bibliothek hab ich vor einiger Zeit ein Buch gefunden: *Leben nach dem Tod* von einem Herrn Moody. Dad sagt, das Buch sei in den Achtzigerjahren ein Bestseller gewesen. Der Autor ist ein amerikanischer Psychiater, der an die hundertfünfzig Fälle untersucht hat. Der Knackpunkt: Er konnte zwangsläufig nur Menschen interviewen, die eben bloß *fast* gestorben waren. Ich fand trotzdem unheimlich spannend, was die erzählt haben. Nahtoderlebnisse nennt man das, dazu gehört zum Beispiel auch, dass sich das ganze bisherige Leben wie ein Film vor einem abspult. Manche haben sich selbst auf dem Bett liegen sehen, andere sind durch einen Tunnel in ein strahlendes Licht gegangen, wieder andere haben verstorbene Verwandte und Freunde getroffen. Viele von den Wiederbelebten fanden es sogar ziemlich bescheuert, zurückkehren zu müssen, weil sie sich auf der anderen Seite definitiv wohler gefühlt hatten, als in ihrem unerfreulichen Leben.

Ich wollte das Thema eben ansprechen, als ich Herrn Kasimirs Stimme hörte: »Alles Quatsch!«

Das war das erste Mal, dass er offensichtlich meine Gedanken las, was mich damals noch wahnsinnig irritierte, sodass ich erst mal tief durchatmete, ehe ich meine Frage dann doch noch mal laut aussprach: »Haben Sie denn keinen Tunnel gesehen?«

»Da war kein Tunnel, eher ein Abgrund. Kennst du diese Träume, bei denen man ins Uferlose stürzt? – Jedenfalls bei mir war das so. Kein Licht, keine Rückschau. Ich hab nur gedacht: du Idiot! Diese verfluchten Pralinen! Und dann war ich auch schon weg.«

»Was für Pralinen?«

»Das Minzkonfekt mit dem Kalziumantagonisten drin.«

»Ich versteh nur Bahnhof!«

»Ein Kalziumantagonist ist ein Blutdrucksenker, ein Arzneimittel. Wenn man zu viel davon erwischt, fällt der Blutdruck ins Uferlose und dann: peng und aus. Als mir schwindelig wurde, wusste ich sofort, was los war. Ich hab's noch geschafft, meinen Arzt anzurufen – aber es war zu spät.«

»Aber wieso? Ich meine, wo hatten Sie das Zeug denn her?«

»Das kam mit der Post, eine Grußkarte war dabei, unterzeichnet mit der Initiale *J*.« Herr Kasimir lachte bitter. »Ich ahnungsloser Volltrottel! Dabei hatte sie ihre Rache gewissermaßen angekündigt. – Aber dass sie so weit gehen würde ...«

»*J*«, wiederholte ich.

»Janine, ich hab sie im Internet kennengelernt.«

»Internet, aha«, sagte ich knapp. Die Vorstellung, dass ein alter Mann wie Herr Kasimir im Internet auf Brautschau ging, fand ich irgendwie peinlich.

»Das mit Janine war ein letzter Versuch«, fuhr Herr Kasimir fort. »Ich dachte, auf Dauer wäre es doch netter, wenn nicht immer nur der sabbernde Marlowe neben mir auf der Couch säße.«

»Waren Sie denn nie verheiratet?«

»Ich hab nie die Richtige gefunden. Mama hat mich jedes Mal gewarnt – und im Nachhinein muss ich leider sagen, immer zu Recht!«

»Ihre Mutter?«

»Mama war eine bemerkenswerte Frau ...!« Herr Kasimir hielt einen Moment inne, dann fuhr er fort: »Jedenfalls dachte ich, so eine Partnerbörse wäre eine gute

Idee, um jemanden kennenzulernen. In meinem Alter – welche Möglichkeiten hat man da schon? Mit ein paar Frauen hab ich dann gechattet und gemailt, aber getroffen hab ich mich nur mit Janine – die wohnte hier am Ort, was ich enorm praktisch fand. Wir haben uns dann auch ein paarmal verabredet, sind ins Kino und zum Tanztee gegangen. Aber sie fiel mir schnell auf die Nerven. Zu impulsiv, zu emotional, zu anhänglich. Sie las Heftchenromane und glaubte fest ans Happy End.« Herr Kasimir stieß einen Seufzer aus. »Mama hätte sie sicher auch nicht gefallen. – Ich beendete also die Beziehung. Dummerweise war ich aber für diese Frau wohl so eine Art Märchenprinz. Jedenfalls verfolgte sie mich seither mit Anrufen und E-Mails, lungerte vor meiner Wohnung rum und passte mich ab, wenn ich mit Marlowe rausging. Sie bedrängte mich dermaßen, dass ich ihr androhte, sie wegen Stalking anzuzeigen. Darauf flippte sie total aus und schrieb mir E-Mails mit wüsten Drohungen.«

»Heftig«, sagte ich. »Aber Mord ist noch mal 'ne andere Nummer.«

»Liebe, Hass, Geld – die drei klassischen Motive«, gab Herr Kasimir zurück.

»Für Mord?«

»Allerdings, und Liebe, die zu Hass wird, ist Antrieb genug für jemanden, der seine Gefühle nicht unter Kontrolle hat.«

»Aber sie waren doch Polizeikommissar«, wandte ich ein, »könnte nicht jemand eine alte Rechnung beglichen haben?«

»Es gefällt mir, dass du mitdenkst«, erwiderte Herr Kasimir gereizt. »Aber glaub mir, du kannst dich auf meinen Instinkt verlassen. Ich kann nicht sagen, dass ich sehr beliebt wäre, weder in der Knackiszene noch unter den Kollegen. Ich kann nämlich sehr unbequem sein, aber Giftmord ist so gut wie immer Frauensache.«

Er klang so überzeugend, dass ich keinen Grund hatte, an seiner Theorie zu zweifeln.

Das Haus Humboldtstraße 38 war ein dreistöckiges Mehrfamilienhaus, einer von diesen farblosen langweiligen Wohnkästen, die einen in jeder Stadt anöden. *Quadratisch, praktisch, gut.* Der Architekt hatte sich damit jedenfalls kein Denkmal gesetzt. Fröstelnd lehnte ich das Rad an eine Mülltonnenbox.

»Nicht hier«, sagte Herr Kasimir. »Die Fahrradständer da drüben stehen nicht zur Dekoration da.«

Ich wischte genervt meine regennasse Brille trocken. »Ist doch egal!«

Herr Kasimir pfiff erbost. »Wenn es egal wäre, wäre die Mülltonnenbox zugeparkt. Dann würden die Leute ihren Mist einfach davor ablegen, was wiederum Ratten anzöge. Ist das so schwer zu verstehen?«

»Okay.« Ich schob das Rad zu den Ständern, während ich dachte, dass ein Oberkommissar, der sich in ein Meeri verwandelt hatte, eigentlich andere Probleme haben sollte. Dann fischte ich den Schlüsselbund aus der Hosentasche und betrat das grau geflieste Treppenhaus, in dem es nach Grünkohl müffelte.

»Kaum ist man einen Tag nicht da, sieht es hier aus wie bei Hempels unterm Sofa«, sagte Herr Kasimir, dessen schwarze Meerschweinchenschnauze aus der Sweatshirttasche lugte. »Schau zuerst nach, ob Post da ist. Und dann sei so nett und wirf die Werbesendungen in den Papierabfall, wo sie hingehören!«

Offensichtlich waren nicht alle Bewohner des Hauses so ordnungsliebend wie der Herr Oberkommissar a. D. Obwohl direkt neben den Briefkästen ein Papierkorb stand, hatten einige Leute unwillkommene Prospekte einfach der Schwerkraft anvertraut. Ich ließ mich auf keine Diskussion ein und erfüllte seinen Wunsch, ehe ich nach seinem Briefkasten Ausschau hielt.

»Zweite Reihe, der Dritte.«

Als ich neben einer Rechnung der Stadtwerke einen rosa Umschlag mit aufgeklebten Herzstickern aus dem Briefkasten angelte, seufzte Herr Kasimir. »Sie schon wieder!«

Ich suchte nach einem Absender, fand aber nur ein verschnörkeltes *J*.

»Sie scheint ja wirklich ein Fan von Ihnen zu sein«, sagte ich und riss den Umschlag auf.

»Vorsicht! Beweisstück!« Aus Herrn Kasimirs Stimme klang blankes Entsetzen über so viel Unprofessionalität.

»Sorry.« Schuldbewusst fingerte ich ein frisches Papiertaschentuch aus der Hosentasche und zog vorsichtig damit eine pinkfarbene Karte aus dem Umschlag. – Pink! »Ups, was ist das denn?« Ich wendete angewidert den Kopf ab.

»Das Parfüm, das sie benutzt«, sagte Herr Kasimir. »Es klebt wie Katzenpisse an allem, was sie anfasst.«

Kilian, Geliebter!
Warum beantwortest Du meine E-Mails nicht? Warum gehst Du nicht ans Telefon? Ich weiß, wir sind füreinander bestimmt, bis dass der Tod uns scheidet. Du kannst dagegen gar nichts machen.
Es liebt Dich für immer,
Deine Janine.

»Bis dass der Tod uns scheidet«, murmelte Herr Kasimir verdrossen. »Eine unverhohlene Drohung.«

Ich schob die Karte vorsichtig in den Umschlag zurück und schloss den Briefkasten wieder ab. »Welcher Stock?«

»Zweiter«, sagte Herr Kasimir abwesend. »Verdammt, es wird nicht leicht werden, sie hinter Gitter zu kriegen.

Was nützt mir meine ganze Erfahrung, wenn sie in diesem verfluchten Meerschweinchenschädel steckt.«

»Besser als tot«, gab ich zurück, während ich die Treppe hochstapfte.

»Das ist die Frage«, brummte Herr Kasimir.

Ich antwortete nicht. Ich wusste weder, wie es war, tot zu sein, noch wie sich ein Oberkommissar in einem Meerschweinchenkörper fühlen musste. Ich wusste nur, dass er meinem kleinen Bully seine Weiterexistenz verdankte, und fand, er sollte sich im Hinblick darauf weniger geringschätzig äußern.

Als ich Herrn Kasimirs Heim betrat, rümpfte ich die Nase. Es war unverkennbar die Wohnung eines Rauchers. Abgestandener Rauch hing wie ein unsichtbarer Schleier in der Luft. Und es war die Wohnung eines Lesers. »Wie viele sind das?«, erkundigte ich mich mit einem staunenden Blick auf ein deckenhohes Regal im Wohnzimmer, in dem sich die Buchrücken drängten. »Sie haben ja mehr Bücher als mein Dad!«

»Genau weiß ich es selbst nicht«, sagte Herr Kasimir. »Ich bin von Kind an ein Bücherwurm gewesen.«

Seine Liebe zu Büchern machte mir Herrn Kasimir gleich sympathischer, da hatten wir definitiv eine Gemeinsamkeit. Ich setzte ihn auf dem Couchtisch ab, während mein Blick weiter durch das Zimmer schweifte. »Haben Sie mit Ihrer Mutter zusammengelebt?«

»Bis zu ihrem Tod vor fünf Jahren«, sagte Herr Kasimir.

Ich nickte, das sah man. Die Wohnung trug bis heute die Insignien einer älteren Dame. Gestickte Sofakissen reihten sich auf dem Sofa, Häkeldeckchen, wo man hinsah. Über der Couch ein Gobelinbild, ein Sonnenblumenstrauß, offenbar eine Handarbeit, definitiv perfekt ausgeführt – aber ganz sicher nicht mein Geschmack. Von dem kleinen Computerarbeitsplatz in der Ecke abgesehen, wirkte die ganze Wohnung total von vorgestern. In meinem Kopf tauchte ein Wort auf: *Muttersöhnchen*. Verdammt, der Herr Oberkommissar war ein Muttersöhnchen gewesen. Ich versuchte, das wenig schmeichelhafte Wort wegzuschieben, schließlich war ich mir nicht sicher, ob er es lesen konnte. Aber so leicht war das nicht. Man kennt das ja: Denke NICHT an einen Apfel! Super, und schon hast du einen knackigen Apfel vor Augen. Aber Herr Kasimir starrte so versunken auf eine schwarz gerahmte Fotografie, dass er anscheinend nichts anderes wahrnahm.

»Ist das Ihre Mutter?«

»Das ist Mama an ihrem Fünfundachtzigsten«, antwortete Herr Kasimir bewegt. »Ein Jahr später starb sie.«

»Sie sehen ihr ähnlich«, sagte ich. Tatsächlich hatte die streng blickende alte Dame den gleichen missmutigen Zug um den Mund und die gleichen ausgeprägten Falten neben den Nasenflügeln, die ich bei Herrn Kasimir gesehen hatte.

»Das fanden alle«, sagte Herr Kasimir. »Wir waren uns auch sehr nah. Mama war der wichtigste Mensch in meinem Leben.«

Herr Kasimir schien nach dem Tod seiner Mutter nicht viel verändert zu haben, selbst ihr Handarbeitskorb stand noch neben dem Sofa. Alles war sehr ordentlich, die Fenster geputzt, keine Staubmäuse in den Ecken. Die Fernbedienung des Fernsehers steckte in einer Halterung am TV-Tischchen, nicht wie bei uns in irgendeiner Sesselritze, sodass man stundenlang danach suchen muss. In einem Regal stapelten sich Brettspiele.

»Spielen Sie gern?«, sagte ich.

»Mama und ich haben Abende lang gespielt. Sie liebte Scrabble.«

Unter einer gerahmten Urkunde stand ein riesiger Hundekorb, die Decke darauf war säuberlich zusammengelegt, zuoberst ein ramponierter kleiner Gummiball.

»Was ist das für eine Urkunde?«, erkundigte ich mich.

»Marlowes«, sagte Herr Kasimir leise. »Er war vor Jahren Preisträger bei den Rettungshundemeisterschaften.« Seine Barthaare fingen heftig an zu zucken. »Wenn ich nur wüsste, wie es ihm geht.«

»Wir werden ihn besuchen«, sagte ich. »Versprochen!« Dann entdeckte ich plötzlich etwas, das nicht zu der peniblen Ordnung passte: ein Umzugskarton hinter der Tür, vollgestopft mit Plüschtieren.

Ich grinste, hatte Herr Kasimir eine verborgene Kinderseele? »Sammeln Sie die?«

»Seh ich so aus?«, brummte er.

»Sie sehen aus wie ein Meerschweinchen«, gab ich, zugegebenerweise nicht sehr feinfühlig, wenngleich ohne böse Absicht, zurück.

Urplötzlich entdeckte ich in Bullys vertrauten Zügen etwas von dem Verdruss, der Kilian Kasimirs Gesicht verfinsterte, ehe Olaf es kosmetisch behandelt hatte. »Ich finde dein Verhalten diskriminierend!«

Ich wurde rot.

»Nein«, sagte er nachdrücklich, »ich sammle selbstverständlich keine Plüschtiere! Was du hier siehst, sind ausnahmslos Liebesgaben dieser verirrten Seele. Janine hat mir andauernd irgendwelches Zeug geschenkt. Was man nicht essen konnte, hab ich weggeworfen, aber die Stofftiere wollte ich demnächst zur Caritas bringen.«

»Ach so«, sagte ich verlegen und öffnete das Fenster, um frische Luft einzulassen. In diesem Moment klingelte das Telefon. Ich erstarrte. »Wer kann das sein?«

»Das erfährst du, wenn du abnimmst.«

Zögernd ging ich zum Telefon.

»Wird die Rufnummer übermittelt?«, erkundigte sich Herr Kasimir.

Ich schüttelte den Kopf.

»Dann ist sie es. Wahrscheinlich will sie wissen, ob ihr heimtückischer Plan funktioniert hat«, sagte Herr Kasimir düster.

»Was mach ich, wenn sie es ist?«

»Sag ihr, dass sie sich verwählt hat!«

Mit bebenden Fingern nahm ich das Gespräch an.

»Kilian?« Die weibliche Stimme am anderen Ende der Leitung klang fordernd. »Hallo?« Eine fragende Pause folgte.

Ich räusperte mich. »Äh, Sie haben sich verwählt!«, rief ich und legte atemlos auf.

Es dauerte nur ein paar Sekunden, da klingelte das Telefon erneut.

»Das geht jetzt stundenlang so weiter«, sagte Herr Kasimir. »Ich hab den AB schon vor Wochen abgeklemmt, seither lässt sie es läuten, bis einem die Ohren abfallen. Am besten, du ziehst den Telefonstecker aus der Dose.« Er seufzte. »Ich fürchte, ich werde sie nie los. Tot umfallen allein genügt offenbar nicht.«

»Sie liebt Sie eben über den Tod hinaus«, sagte ich, während ich seinen Rat befolgte.

Herr Kasimir schob mit der Schnauze eine rot-weiße Zigarettenschachtel auf mich zu. »Jetzt brauch ich eine. Steck mir eine an!«

Ich verdrehte die Augen. »Ich rauche nicht.«

»Stell dich nicht so an!« Herr Kasimir wurde ungeduldig. »Es geht ganz einfach. Zigarette in den Mund, anzünden, ziehen, fertig!«

Unwillig folgte ich seinen Anweisungen. »Bäh!« Ich würgte und hustete mir fast die Lunge aus, während ich den brennenden Glimmstängel angewidert auf den Aschenbecher legte.

Herrn Kasimirs schwarze Schnauze bzw. die seiner Inkarnation umschloss begierig den Filter. »Aaah!« Er nahm einen tiefen Zug, japste auf und kippte unvermittelt um.

»Herr Kasimir!«, brüllte ich und schob den Aschenbecher weg. Er rappelte sich hoch und blinzelte mich matt an. »Mir wurde für einen Moment schwindlig.«

»Nikotin ist ein Nervengift. Sie hätten es längst aufgeben müssen!«, sagte ich mit einem vielsagenden Blick auf die angebrochene Blisterpackung Tabletten, die neben der Zigarettenschachtel lag. »Hat Ihnen Ihre Mutter das denn nicht gesagt?«

»Mama hat selbst wie ein Schlot gequalmt und ist 86 geworden«, sagte Herr Kasimir. »Was hätte ich auch davon gehabt, wenn ich das Rauchen aufgegeben hätte – das Nikotin hat mich jedenfalls nicht umgebracht.«

Ich runzelte die Stirn. »Trotzdem ist Rauchen definitiv nichts für einen Herzkranken und schon gar nichts für ein Meeri!«

»Musst du mir immer mit dem Meerschweinchen kommen?«

»Aber …« Ich biss mir auf die Lippen.

»Hör auf, mich zu belehren, bring mich lieber in die Küche!«, sagte Herr Kasimir. »Wir haben einiges zu erledigen, ehe die Hausverwaltung die Wohnung ausräumt. Das erste Beweisstück, das wir sichern müssen, ist das Päckchen mit den Pfefferminzherzen.«

5. KAPITEL 

Die Küche war eng, aber ebenso picobello aufgeräumt wie das Wohnzimmer. Am Fenster Rüschengardinen, selbst auf dem Kühlschrank ein Spitzendeckchen. An der Wand ein verschnörkeltes Kreuzstichbild mit der Aufschrift: *Ein gutes Gericht ist der Hausfrau erste Pflicht.* Ich verbiss mir ein Grinsen, was Herrn Kasimir diesmal nicht entging.

Seine Kulleraugen sahen mich prüfend an. »Mama war eine wahre Künstlerin mit Nadel und Faden.«

»Das sieht man«, sagte ich und wandte mich dem Tisch zu.

Das Corpus Delicti, ein gelbes Postpäckchen, stand aufgerissen auf einer mit Blümchen bestickten Tischdecke, daneben eine grün glänzende Konfektdose aus Blech, auf der ein Kärtchen lag:

Ich denke an Dich, Deine J.

Anders als der Brief, den ich aus dem Briefkasten geholt hatte, war dieser Gruß in einen Computer getippt worden.

Ich hob die Augenbrauen. »Aber Sie haben doch gesehen, dass das Päckchen von Janine kam. Und Sie haben die Dinger trotzdem gegessen?«

Herr Kasimir blickte an mir vorbei. »Süßem kann ich leider nur schwer widerstehen. Und sie hat mir ja nicht zum ersten Mal Pralinen geschenkt. Außerdem – dass sie so weit gehen würde, hätte ich im Leben nicht gedacht …«

»Wie viele?«, erkundigte ich mich.

»Höchstens fünf«, sagte Herr Kasimir. »Sie waren sogar für meinen Geschmack zu süß. Kein Wunder, dass man das Medikament nicht rausschmecken konnte. Das Mittel gibt es als Tropfen, die schmecken nach Menthol, ich musste die mal eine Weile einnehmen. Womöglich hat sie noch Süßstoff dazugemischt. Ich möchte wetten, dass die Pralinen Einstichstellen haben.«

Ich griff in die Dose, um nachzusehen.

»Pass doch auf!«, raunzte Herr Kasimir mich an. »Oder willst du unbedingt Spuren auf den Beweisstücken hinterlassen?«

Ich fuhr zurück.

Mein Begleiter seufzte und sagte: »In der Schublade da drüben müsste ein Paar frischer Gummihandschuhe sein.«

Die Handschuhe waren mindestens zwei Nummern zu groß. Unter den strengen Augen meines Begleiters bemühte ich mich, eine der Pfefferminzpralinen herauszufummeln, ohne sie zu zerquetschen.

Er hatte ins Schwarze getroffen, in dem Konfekt war ein winziger Einstich zu sehen.

»Raffiniert«, sagte ich und hielt ihm die Praline unter die Nase.

Herr Kasimir schnupperte daran. »Riecht vollkommen unauffällig. Nach Pfefferminz eben. Intelligent ausgedacht, hätte ich ihr gar nicht zugetraut.«

»Und jetzt?«, fragte ich.

»Wir lassen alles liegen, wie es ist, aber du machst Fotos. Danach ist der PC dran, wir müssen den E-Mailverkehr mit Janine sichern.«

Ich zog das Handy aus der Hosentasche und knipste los. Nachdem ich die Beweisstücke von allen Seiten abgelichtet hatte, brachte ich Herrn Kasimir ins Wohnzimmer zurück. Dort setzte ich ihn auf den Computertisch und schaltete den Rechner an. Die Festplatte ratterte, kurz darauf öffnete sich der Startbildschirm.

»Kennwort?«, sagte ich.

»Dreh dich um!«, befahl Herr Kasimir.

Obwohl ich seine Geheimnistuerei angesichts der besonderen Umstände total bescheuert fand, kam ich seinem Wunsch nach.

»Diese vermaledeiten Meerschweinchenpfoten!«, fluchte er, nachdem er das Kennwort anscheinend ein paarmal vergeigt hatte.

»Sie sind eben keine Maus«, sagte ich, aber er reagierte nicht auf mein Wortspiel, sondern probierte es weiter, während mein Blick durchs Zimmer wanderte und schließlich an einem Foto hängen blieb. Es zeigte einen jungen, drahtigen, nicht sehr großen Mann in Uniform, der mit einem unterdrückten, aber dennoch unverkennbarem Gewinnerlächeln eine Urkunde in die Kamera hielt.

»Na endlich!«, stöhnte Kasimir. »Geschafft!«

Ich zeigte auf die Fotografie. »Sind Sie das?«

Er hob den Kopf. »Sieht man das denn nicht?«

»Na ja«, antwortete ich. »Lebend hab ich Sie ja nie gesehen.«

Herr Kasimir schwieg für einen Moment. »Das ist ja auch schon Jahre her«, sagte er dann, »das war bei der Abschlussfeier in der Polizeischule – ich war der Beste in meinem Jahrgang.«

Ich nickte bewundernd. »Cool.«

»Wie man's nimmt. Überflieger haben's schwer – sozial gesehen.«

Ich wusste genau, was er meinte.

Ich wandte mich wieder dem Bildschirm zu und öffnete das E-Mail-Programm. Eine Kaskade von Nachrichten rauschte über den Screen. Neben unzähligen Werbe-E-Mails und Newslettern tauchte immer wieder eine Adresse auf: *j.herzdame@mailing.com*.

Ich wollte nicht indiskret sein, aber wenn man lesen kann, liest man unwillkürlich, wenn man einen Text sieht. Die gute Janine hatte zweifellos eine Begabung für schwülstige Liebesbriefe.

> *Geliebter, Einziger, ich sehne mich nach Dir, dass sich unsere lechzenden Körper wieder umschlingen, in der Liebe und im Tanz des Lebens.*

Ich konnte ein Grinsen nicht unterdrücken. »Lechzende Körper«, wiederholte ich. »Wo hat sie das denn her?«

»Keine Ahnung«, sagte Herr Kasimir verdrossen. »Sie lechzt, sie schmachtet und begehrt. Seitenweise – leider nur ganz einseitig!«

Ich lachte. »Die Ärmste.«

»Der Arme bin ja wohl ich«, erwiderte Herr Kasimir. »Oder wer ist tot?«

»Bully«, sagte ich und klickte mich weiter durch Janines Liebesschwüre, Sehnsuchtsflehen und Drohungen, denn ja: Kasimir hatte recht, sie drohte ihm mehr oder weniger unverhohlen.

Da gab es Wendungen wie: *Du wirst es noch bereuen. – Du gehörst mir, nur der Tod kann Dich mir nehmen.* oder:

Nur der Tod kann uns trennen, ich werde Dich über den Tod hinaus lieben, und so weiter und so weiter.

6. KAPITEL

Ich hatte den E-Mail-Verkehr mit Janine eben auf einen USB-Stick gezogen, als es wieder klingelte. Ich zuckte zusammen. Das Telefon konnte es nicht sein, das war die Türglocke.

Ich warf Herrn Kasimir einen erschrockenen Blick zu.

»Das ist sie«, sagte er. »Mach auf, ich muss sehen, wie sie reagiert.«

Mein Magen verkrampfte sich, die Vorstellung, sogleich einer Mörderin gegenüberzustehen, ließ mein Herz rasen. Mit feuchten Händen drückte ich auf den Summer. Dann hörte ich hastige Schritte im Treppenhaus. Einen endlosen Moment später standen wir Auge in Auge.

Ich weiß nicht, was ich erwartet hatte, aber die kleine dralle Frau mit dem Bobhaarschnitt und der pinkfarbenen Jacke passte überhaupt nicht zu dem Bild, das ich von einer raffinierten Giftmörderin hatte. Noch schwer atmend vom Treppensteigen warf sie mir einen überraschten Blick zu. »Wer bist du denn?«

»Äh«, sagte ich.

»Nichte«, hörte ich Herrn Kasimirs Stimme in meinem Kopf.

»Nichte«, wiederholte ich dankbar. »Ich bin die Nichte von Herrn … äh, Onkel Kilian.«

Mein Gegenüber musterte mich irritiert. »Ich dachte, er hätte keine Verwandten.« Ehe ich michs versah, stand sie schon in der Wohnung und mit ihr eine buchstäblich atemberaubende Wolke, die ich nicht wirklich als Parfüm bezeichnen möchte, auch nicht gerade als Katzenpisse, eher als Toilettenwasser – allerdings im Sinne von WC-Erfrischer.

»Kilian?«, rief sie. »Ich weiß, dass du da bist! Warum gehst du nicht ans Telefon?«

»Äh«, setzte ich wieder an. »Er ist wirklich nicht da.«

Meine Beteuerung konnte sie aber nicht davon abhalten, mich einfach stehen zu lassen und sämtliche Türen aufzureißen. Dabei war ihre Aufmerksamkeit so darauf fokussiert, Herrn Kasimir aufzuspüren, dass sie das Meerschweinchen, das aus meiner Sweatshirttasche lugte, nur mit einem kurzen Stutzen würdigte, wobei ihr unweigerlich entging, wie gebannt der Kleinnager seinerseits jede ihrer Regungen beobachtete.

Nachdem sie sich vergewissert hatte, dass ich sie nicht anschwindelte, schlich sie mit hängendem Kopf ins Wohnzimmer, wo sie plötzlich das rundliche Näschen reckte und wie ein Trüffelschwein schnupperte. »Er muss doch da sein! Er muss eben noch eine geraucht haben!«, sagte sie mit einem vielsagenden Blick auf den Aschenbecher, in dem die Zigarette von vorhin inzwischen verglommen war.

Ich schüttelte den Kopf. »Ehrlich nicht. – Ich ... Ich war das mit der Zigarette.«

Sie sah mich zweifelnd an. »Du rauchst schon. Fang das bloß nicht an!« Damit ließ sie sich aufs Sofa fallen und teilte mir wie selbstverständlich mit: »Dann warte ich halt auf ihn. – Ach ja ...« Sie blickte hoch. »Falls dir Kilian nichts von mir erzählt hat – ich bin Janine, seine Verlobte.«

Mir fiel die Klappe runter. Damit hatte ich nicht gerechnet.

»Sag ihr, dass ich tot bin«, meldete sich Herrn Kasimir. »Das ist doch, was sie hören will.«

Schweiß brach mir aus allen Poren. Mein Bauchgefühl ließ mich bezweifeln, dass die pummlige Frau auf dem Sofa DAS hören wollte. Entweder sie war eine überragende Schauspielerin – aber dafür erschien sie mir, dem naiven Stil ihrer Briefe nach zu urteilen, nicht clever genug – oder sie hatte keine Ahnung, dass der Gegenstand ihres Liebessehnens ein tragisches Ende genommen hatte. Meinem Gefühl nach traf Letzteres zu. Und falls das so war, hatte ich nun die A-Karte, ihr die Todesnachricht zu überbringen. Nur, wie machte man so etwas? Hilfe!

Ich mied ihren bangen Blick und sah an ihr vorbei auf das gestickte Sonnenblumenkitschbild, während ich stotterte: »Herr … mein Onkel ist leider …«

Janine seufzte. »Ja …?«

»Äh, ähm … Er wird nicht wiederkommen. Er kann nicht – wiederkommen.«

»Wie meinst du das?« Eine schwarze Ahnung schwang in ihrer Stimme.

Ich holte Luft und stieß die Hiobsbotschaft von mir: »Kilian Kasimir ist tot.«

Schweigen. Janine starrte mich an. Dann schüttelte sie stumm den Kopf. Alle Farbe wich aus ihrem Gesicht, ihre Finger krallten sich ins Polster. Schließlich stieß sie einen Laut aus, den ich unmöglich beschreiben kann. Einen abgründigen Laut vollkommener Verzweiflung.

Was soll ich sagen – ich sehe ja oft trauernde Menschen, ein Bestattungsinstitut ist schließlich kein Karnevalsverein, und bei Weitem nicht jede Trauer ist echt. Aber das hier, das war echt! So echt, dass es mir noch heute eiskalt über den Rücken läuft, wenn ich daran zurückdenke. Ich hab mich selten so hilflos gefühlt.

»Aber, aber …«, stammelte sie. »Wir wollten heiraten.« Aus ihren Augen schossen Tränen.

Sie tat mir plötzlich schrecklich leid. Sie war definitiv die verirrte Seele, von der Herr Kasimir gesprochen hatte. Ihre Zuneigung hatte fraglos etwas Wahnhaftes, aber sie fühlte, was sie fühlte und ihre Verzweiflung war nicht gespielt.

Ich warf Herrn Kasimir einen vielsagenden Blick zu, während ich ein Taschentuch aus der Jeans kramte. »Hier.«

Janine nahm es und verbarg das Gesicht darin. »Wie, wie …«, wimmerte sie.

Für einen Moment kämpfte ich mit mir, ob ich das Wort *Mord* in den Mund nehmen sollte.

»Herz«, sagte ich heiser.

»Ach!« Sie schluchzte auf und stieß mit einer heftigen Bewegung den Aschenbecher weg. »Ich hab ihm immer gesagt, er soll mit dem Rauchen aufhören.«

Ich ergriff die Gelegenheit, auf den Busch zu klopfen. »Und dazu seine Vorliebe für« – ich sprach das Wort überdeutlich aus – »PRALINEN!«

Sie nickte unglücklich, aber keinesfalls irgendwie alarmiert. »Kilian liebte Süßigkeiten.«

Ich entschied, dass sie den Test bestanden hatte, und überlegte, wie ich sie nun schnell loswerden könnte.

Mit einem Gefühl, als steckte mir ein Kaktus im Hals,

räusperte ich mich schließlich. »Es tut mir leid, aber ich muss mich jetzt auf die Socken machen, ich wollte eigentlich nur nach Onkel Kilians Hund sehen. Aber der ist offenbar nicht da. Vielleicht die Nachbarn …«

»Marlowe«, sagte Janine bitter. »Diesem hässlichen Tier gehörte seine ganze Liebe. – Ich mochte ihn nicht.« Sie zeigte auf die schwarze Schnauze, die aus meiner Jacke lugte. »So ein Meerschweinchen wäre mir lieber gewesen. Dein kleiner Freund ist erstaunlich zahm.« Ich nickte, während mein kleiner Freund etwas wie *Zimtzicke* von sich gab.

Janine erhob sich schwerfällig und strich ihre Jacke glatt. »Wann ist das Begräbnis?«

Ich zuckte mit den Schultern. »Genau weiß ich das nicht, aber es müsste eigentlich unter *Beerdigungen* in der Zeitung stehen.«

Sie nickte traurig. »Sehen wir uns dort?«

»Äh«, sagte ich. »Ich glaub eher nicht. Meine Eltern sind …« Ich überlegte fieberhaft, ehe ich einer spontanen Eingebung folgend ausstieß: »… leider im Krankenhaus.«

»Beide?« Sie sah mich entsetzt an. »Deine Familie steht momentan unter einem schlechten Stern. Was haben sie denn?«

»Masern«, hörte ich mich sagen und wurde rot, was ihr zum Glück entging, denn sie nickte nur erschrocken.

»Für Erwachsene können Kinderkrankheiten richtig gefährlich werden. Wie schade, ich hätte Kilians Familie so gern kennengelernt. – Immerhin wäre sie bald auch meine Familie geworden.« Sie sprang unvermittelt hoch und fiel mir laut aufschluchzend um den Hals. »Ach, es ist schrecklich. Sooo schrecklich!«

Ich stand da wie in Bronze gegossen und versuchte, die Luft anzuhalten, um ihren aufdringlichen Duft nicht einatmen zu müssen.

»Sie zerquetscht mich!«, meldete sich Herr Kasimir zu Wort.

»Vorsicht, mein Meerschweinchen!« Damit löste ich mich aus der Umklammerung und verschwand eilig im Flur.

Sie folgte mir kraftlos. »Kilian war so ein schöner Mann.«

Ich hüstelte, während ich schon die Wohnungstür öffnete. »Alles Gute dann!«

Janine blickte mich tränenumflort an. »Ich hab ihn vom ersten Tag an geliebt, obwohl er sich beim Tanzen anstellte wie ein Kleiderständer auf Rollschuhen.«

Während sie sich mit einer schmerzlichen Grimasse die Augen wischte, vernahm ich ein gezischtes »Unverschämtheit!«.

Janine zog die Nase hoch. »Ich werde den Verlust nie verwinden. Ich werde Vergissmeinnicht auf sein Grab pflanzen, als wäre ich seine Witwe. – Bin ich das nicht irgendwie?«

»Irgendwie«, sagte ich mit einem schiefen Lächeln.

7. KAPITEL

Als ihre Schritte im Treppenhaus verklungen waren, ging ich ins Wohnzimmer zurück und setzte Herrn Kasimir wieder auf den Couchtisch. Janines aufdringliches Parfüm klebte an mir, als hätte ich darin gebadet.

»Sie war es nicht«, sagte ich.

Seine Barthaare zuckten heftig. »Wer von uns ist der Oberkommissar?«

»Sie, aber niemand ist unfehlbar.«

Herr Kasimir wanderte ziellos über die Tischplatte. »Ich weiß jetzt selbst, dass sie es nicht war, aber wenn sie es nicht war, wer dann?«

»Wer von uns ist der Oberkommissar?«, gab diesmal ich zurück.

Er antwortete mit einem wütenden Pfiff. »Du bist jedenfalls die vorlauteste Assistentin, die ich je hatte.«

Ich schwieg. Es musste ihm verdammt schwerfallen zuzugeben, dass er sich geirrt hatte.

»Und wie gehen wir jetzt weiter vor, Herr Oberkommissar?«, sagte ich, zugegebenermaßen etwas spitz.

Herr Kasimir verzog die Schnauze. »Vielleicht haben wir irgendetwas übersehen. Ich möchte mir das Päckchen und die Karte noch mal genauer anschauen.«

Wir gingen in die Küche zurück, wo ich unaufgefordert wieder die Handschuhe überstreifte, um das Paket zu inspizieren, während Herr Kasimir ausgiebig die Karte beschnüffelte.

»Nun«, stellte er schließlich, hörbar ernüchtert fest: »Das Beweisstück riecht zumindest nicht nach Katzenpisse!«

In diesem Moment fiel es mir wie Schuppen von den Augen. Dass der Herr Oberkommissar das übersehen hatte!

»Herr Kasimir!«, rief ich. »Welche Hausnummer haben Sie?«

Er blickte mich überrascht an. »38.«

»Genau«, sagte ich. »Und hier auf dem Paket steht eindeutig *88*!«

Kasimir trippelte auf das Päckchen zu. »Das glaub ich nicht!«

Ich drehte den Karton um, damit er die Adresse lesen konnte.

Er stellte sich auf die Hinterbeine und erstarrte.

Ich lächelte triumphierend. »Und?«

Herr Kasimir ließ sich auf die Vorderpfoten herab und blitzte mich wütend an.

»Warum hast du nicht gleich genauer hingesehen?«

»Entschuldigung«, gab ich überrascht zurück – ich hatte definitiv Lob und keinen Vorwurf erwartet. »Sie haben es ja selbst übersehen.«

Er grummelte irgendetwas vor sich hin, was ich nicht verstand, oder nicht verstehen sollte, dann zischte er: »Hat sich das Fräulein Assistentin mal den Namen genau angesehen?«

»K. Kasimir«, sagte ich. »Na und!«

»Putz mal deine Brille!«

Ich beugte mich tiefer, um schärfer zu sehen, da entdeckte ich es auch. »Mann, steht da nicht *K. Kasmer*?«

»Himmel, das darf ja wohl nicht wahr sein!« Herr Kasimir stöhnte auf. »*K. Kasmer, Humboldtstraße 88*. Der Postbote hat sich geirrt!« Er schloss die Augen. »Ich glaub es nicht! Ich bin aus Versehen ermordet worden.«

»Das kann doch mal passieren«, sagte ich ebenso hilflos wie dämlich.

»Ha!« Herr Kasimir stellte sich erneut auf die Hinterbeine. »Ein Mord ist nichts, was einfach so passiert! Und aus Versehen erst recht nicht. Dass ausgerechnet ICH das übersehen habe! Ich könnte mir in den Hintern beißen.«

»Bully konnte es«, sagte ich.

»Sei still!«

Ich biss mir auf die Lippen. Dass er einen Fehler gemacht hatte, nagte heftig an ihm. Das sprach nicht für ein starkes Selbstwertgefühl. Ich beschloss, besser den Mund zu halten.

So schwiegen wir eine ganze Weile, bis Herr Kasimir sagte: »Wenn ich so darüber nachdenke, bin ich lediglich einem bekannten Phänomen aufgesessen.«

Ich sah ihn fragend an.

»Laut einer Studie der Universität Cambridge liest das Gehirn eines versierten Lesers nicht buchstabierend, sondern scannt ganze Wortbilder. Deshalb können wir auch falsch geschriebene Wörter ohne Weiteres deuten, vor allem, wenn sie unsere Erwartung an den Sinn des Textes erfüllen. Ich habe die Anschrift mit Sicherheit nur deshalb falsch gelesen, weil sie meiner Adresse so verdammt ähnlich sieht.«

»Aha.« Ich grinste in mich hinein. Der Herr Oberkommissar hatte also eine schlüssige Erklärung für seine Fehlleistung gefunden und bekam wieder Oberwasser.

»Weißt du eigentlich, was das bedeutet?«, sagte er nach einer kurzen Pause.

»Na ja, dann ist die Sache damit wohl so gut wie aufgeklärt.«

»Unsinn. Zu wissen, wer es NICHT getan hat, hat noch NIE einen Mord aufgeklärt.«

Ich musste verlegen zugeben, dass er damit natürlich recht hatte.

»Mir scheint«, fuhr mein Begleiter fort, »du bist dir der Implikationen nicht bewusst.«

»Wie meinen Sie das?«

»Eine Implikation ist eine Wenn-Dann-Beziehung. Wenn der falsche Mann ermordet wurde, dann …« Er sah mich herausfordernd an.

»Oh!« Ich wurde rot. »Dann lebt das eigentliche Opfer noch und ist womöglich in Gefahr.«

Herr Kasimir nickte. »So sieht's aus.«

Mir lief es eiskalt den Rücken hinunter. »Wir müssen sofort die Polizei einschalten!«

»Gute Idee!« Herr Kasimir lachte spöttisch. »Ich falle als Zeuge ja wohl aus. Und eine fast Vierzehnjährige mit einer dermaßen absurden Geschichte ist natürlich äußerst glaubwürdig.«

Ich verzog den Mund. »Aber könnten wir nicht wenigstens das Beweismaterial an die Polizei schicken? – Ich meine mit einem anonymen Brief oder so …«

Herr Kasimir warf mir einen Blick zu, der erkennen ließ, was er von meiner Idee hielt.

»Und warum nicht?«

»Zum einen, weil es verantwortungslos ist, vergiftete Lebensmittel zu verschicken. Was, wenn die Pfefferminzdinger wieder in die falschen Hände, bzw. Mägen gelangen – Postsendungen werden immer wieder geklaut – oder falsch zugestellt. Zu dem Thema kann ich dir übrigens eine Story erzählen ...« Er pfiff vielsagend. »Und zweitens, ein Beweisstück ohne eine Tat ist nutzlos. Gesetzt den Fall, die Kollegen nähmen das Ganze ernst und kreuzten bei Herrn Kasmer auf. Der Täter wäre gewarnt und man würde ihn nie fassen.«

Das leuchtete mir ein. »Aber was können wir dann überhaupt tun?«

»Das weiß ich selbst noch nicht«, sagte Herr Kasimir.

Der helle Schlag seiner altmodischen Wohnzimmeruhr ließ mich aufschrecken. Ups, so spät war es schon! Olaf wartete sicher schon auf den Anzug. Ich beeilte mich, ins Schlafzimmer zu kommen.

Wow, dachte ich, als ich die Tür öffnete. Das ist krank! Er hat mit seiner Mutter sogar in einem Zimmer geschlafen!

Die Betten aus massiver Eiche standen zwar an gegenüberliegenden Wänden, aber ansonsten sah alles aus, als nächtige hier ein älteres Ehepaar. Goldfarbene Tagesdecken lagen sorgfältig glatt gestrichen über dem Bettzeug. Zwei gleiche Nachtschränkchen, eine Spiegelkommode und ein gewaltiger Schrank in Nussbaumfurnier ergänzten die antiquierte Einrichtung.

Herr Kasimir, der mein Befremden offensichtlich wahrnahm – ich hoffe inständig, nicht im genauen Wortlaut –, entschied sich nicht zum Angriff, sondern zur Rechtfertigung. »Mama und ich haben uns stets ein Schlafzimmer geteilt. Sie wollte es nicht anders.«

Ich öffnete den Schrank. Der eigentümliche Geruch eines Mottenmittels stieg mir in die Nase.

»Ups«, sagte ich. »Sind das alles noch die Sachen von Ihrer Mutter?«

»Ich bin noch nicht dazu gekommen, sie wegzugeben«, antwortete er und ich spürte, dass ihm das irgendwie peinlich war. »Der rechte Schrank ist meiner.«

Ich ließ die angestaubte Damengarderobe wieder hinter der Tür verschwinden und wandte mich kommentarlos der zweiten Schrankhälfte zu.

»Himmel!«, zischte ich. In den Fächern neben der Kleiderstange stapelten sich unzählige Pullover. Streifen, Rauten – alle möglichen und unmöglichen Muster. »Sie stehen wohl auf Strick!«

»Mama strickte so schrecklich gern für mich«, sagte Herr Kasimir verlegen.

Ich widmete mich seinen Anzügen. Die Auswahl war überschaubar, genau genommen waren es zwei. »Ich nehm den schwarzen mit. Okay?«

»Genau, und dazu die silberne Krawatte. Dann noch das weiße Hemd mit den Stulpen – ja, das ganz rechts. Dazu gehören die vergoldeten Manschettenknöpfe, die liegen in dem Kästchen auf der Spiegelkommode.

Schwarze Socken findest du in der Schublade und meine guten Schuhe sind draußen im Schuhschrank.«

Während ich den Anzug in den Kleidersack fädelte, fragte Herr Kasimir: »Wann besuchen wir Marlowe?«

»Wenn ich den Anzug heimgebracht habe.«

»Gut!«, sagte Herr Kasimir. »Dann nimm bitte Marlowes Sachen mit, Decke, Leine und sein Bällchen. – Und die Zigaretten.«

»Wozu die Zigaretten?«

»Mach es einfach!«

Ich verstaute das Gewünschte in eine große Juteeinkaufstasche, die an der Garderobe hing und die Aufschrift trug: *Wir sind die Guten – Deine Polizei.*

Als ich in die Küche kam, hielt sich Mum ein Kühlpack an die Wange, sie sah ziemlich mitgenommen aus. »Wo warst du bloß so lange?«

»Wie geht's dir?«, erkundigte ich mich rasch, ohne auf ihren Vorwurf einzugehen.

»Frag mich in zwei Stunden, wenn die Spritze nachlässt. – Hast du alles gefunden?«

»War gar kein Problem, hab die Sachen schon zu Olaf runtergebracht«, sagte ich.

Mum lächelte ziemlich gequält. »Danke, du bist ein Schatz!«

Ich sah sie mitleidig an. »Kann ich was für dich tun?«

Mum nickte. »Du könntest noch was für mich besorgen. Ich hab eine Einkaufsliste geschrieben. Würdest du …?«

»Klar«, sagte ich. »Leg dich hin und ruh dich aus!«

Es war schon vier, als ich wieder auf dem Fahrrad saß und Richtung Tierheim strampelte. Zu meiner Erleichterung regnete es nicht mehr, aber der Wind blies noch immer scharf. Herr Kasimir hatte sich in die schützenden Tiefen meiner Bauchtasche verkrochen, was unsere Kommunikation jedoch nicht beeinträchtigte.

»Marlowe muss sehr an Ihnen hängen. Dass er den Wagen so weit verfolgen konnte, ist eigentlich kaum zu glauben«, sagte ich.

»Du hast recht, das war wirklich eine außergewöhnliche Leistung«, bestätigte Herr Kasimir. »Car-Trailing ist eine extreme Herausforderung, selbst für die beste Hundenase.«

»Car … was?«

»Schon mal was von Man-Trailing gehört?«

»Glaub nicht.«

»Man-Trailing kommt aus dem Englischen«, klärte mich Herr Kasimir auf. »Von *man – Mensch* und *trail – verfolgen*. Anders als normale Suchhunde, sind Man-Trailer auf Hautschuppen programmiert. Jeder von uns verliert unentwegt abgestorbene Hautschuppen, die dann in der Luft herumfliegen, bis sie sich irgendwo absetzen, und die identifiziert ein gut trainierter Hund.«

»Irre«, sagte ich. »Und da reicht es, dass ein Autofenster offen ist?«

»Marlowe hat, soviel ich weiß, vorher nie ein Auto verfolgt«, antwortete Herr Kasimir. »Aber wie man sieht – ja, das offene Fenster reichte ihm.«

»Mir gefiel Marlowe«, sagte ich. »Ich hätte ihn gern behalten, aber meine Eltern …«

Ich glaube, weder Herr Kasimir noch ich hatten konkrete Vorstellungen, was uns bei unserem Besuch im Tierheim erwartete. Ich bezweifelte, dass Marlowe ein Meeri als seinen Herrn erkennen würde. Bullys kleiner Nagerbody roch hundertpro kein bisschen nach Oberkommissar Kasimir.

»Was soll ich den Tierheimleuten denn eigentlich erzählen?«, fragte ich. »Wieder die Nummer mit der Nichte?«

»Das erscheint mir am plausibelsten«, sagte Herr Kasimir.

Das Tierheim war in einem ehemaligen Bauernhof am Stadtrand untergebracht. Ein Schotterweg, gesäumt von einer zerzausten Buchenhecke führte auf das Gelände. Gebell mischte sich in das herbstliche Rauschen der Blätter und schwoll an, als der Blick auf die Zwinger frei wurde. Hunde aller Größen und Rassen hießen uns lautstark und schwanzwedelnd willkommen. Soweit ich sehen konnte, war Marlowe nicht dabei. Ich stieg eben vom Rad, als mich mein Begleiter anwies: »Hilf mir auf den Boden runter!«

»Wieso, wollen Sie auf allen vieren da reingehen?«

»Unsinn, aber ich verspüre ein dringendes Bedürfnis und möchte es ungern vor Ort erledigen, was in deinem eigenen Interesse sein sollte.«

»Oh!«

Eilig nahm ich Herrn Kasimir aus der Bauchtasche und setzte ihn an den Wegrand, wo er sogleich in der Hecke verschwand, um kurz darauf wieder zu erscheinen.

»Ich habe mir übrigens überlegt, dass es das Klügste sein wird, hier auf dich zu warten«, sagte er.

»Warum?«

»Es ist sicher wenig hilfreich, wenn du mit einem Meerschweinchen in der Jackentasche in einem Tierheim aufkreuzt. Artgerechte Haltung ist, weiß Gott, etwas anderes. Du musst das Vertrauen der Leute gewinnen, dann erlaubt man dir vielleicht, mit Marlowe spazieren zu gehen.«

»Okay«, sagte ich. »Vielleicht haben Sie recht – obwohl Bully es liebte, immer ganz nah bei mir zu sein.«

»Was ihn letztlich das Leben gekostet hat«, erwiderte Herr Kasimir.

»Und mir einen schlecht gelaunten Oberkommissar beschert hat«, gab ich zurück und setzte meinen vierbeinigen Begleiter in den Fahrradkorb.

8. KAPITEL

Auf dem Schild über der Tür des alten, aber sauber gestrichenen Gebäudes, war Noahs Schiff abgebildet, ganz ähnlich wie auf der Zeichnung in meiner alten Kinderbibel, nur dass die exotischen Tiere fehlten. Stattdessen bevölkerten Hunde, Katzen, Kaninchen und allerhand Kleintiere das Deck. TIERHEIM ARCHE stand in Regenbogenfarben darüber.

Der muffige Geruch von Katzenstreu und Tierfutter wehte mir beim Eintreten entgegen. Eine blonde junge Frau, die sich mit einem Blecheimer abschleppte, sah mich fragend an.

»Kann ich dir helfen?«

»Vielleicht«, sagte ich. »Bei Ihnen muss ein Hund abgegeben worden sein, genau genommen vom Bestattungsinstitut Engel. Ein Bluthund, er heißt Marlowe. – Er gehörte meinem Onkel.« Ich senkte den Blick und bemühte mich, Trauer in meine Stimme zu legen. »Onkel

Kilian ist ganz plötzlich verstorben und die Bestatter wussten nicht, wohin mit dem Hund …«

Die Frau stellte den Eimer ab. »Ah, gut, dass sich doch jemand für das Tier verantwortlich fühlt. Wir haben schon so viele verwaiste Hunde hier. Er ist noch in Quarantäne, wie jeder Neuankömmling. Er trauert, frisst nicht und liegt nur apathisch im Zwinger. Ich bin sehr froh, dass du gekommen bist. Du kannst den Hund gleich mitnehmen.«

Damit hatte ich nicht gerechnet. »Ups«, sagte ich. »Nicht heute, meine Eltern müssen sich erst noch um die Beerdigung kümmern. Es wäre gut, wenn Marlowe noch solange hierbleiben könnte. Aber ich wollte fragen, ob ich ihn Gassi führen darf, ich habe seine Leine und seine Decke dabei.« Ich klopfte auf den Jutebeutel. Die Pflegerin las die Aufschrift. »Dann stimmt es also, dass er mal Polizeihund war.«

Ich nickte. »Onkel Kilian war Oberkommissar.«

»Gut, komm mit mir!«

Mir fiel ein Stein vom Herzen, dass die Tierpflegerin keine weiteren Fragen stellte. Meine Geschichte schien überzeugend geklungen zu haben, zumal ich mit Fakten aufwarten konnte, die ihr bekannt waren.

Marlowes Zwinger lag zwischen dem eines Pinschermischlings, der uns zähnebleckend angiftete und dem eines Schäferhunds, der am Gitter hochstieg und hysterisch kläffte. Marlowe hob den schweren Samtkopf vom Fliesenboden, als sich die Zwingertür öffnete. Ich kniete mich vor ihn hin und strich ihm über die Hängeohren. »Hallo, Marlowe, kennst du mich noch?« Aber der Hund blieb liegen und blinzelte mich nur todtraurig an.

»Er vermisst seinen Herrn und die gewohnte Umgebung«, sagte die Tierpflegerin. »Er braucht jetzt viel Zuwendung.«

Ich kramte die Leine aus der Tasche. Zu meiner großen Erleichterung schlug Marlowe zwei, dreimal mit dem Schwanz auf den Boden, dann erhob er sich schwerfällig und ließ sich anleinen.

Die junge Frau lächelte. »Er erkennt dich, geh aber nicht zu weit mit ihm. In einer Stunde schließen wir die Vordertür.«

Ich nickte und rappelte mich hoch.

Ohne Enthusiasmus, aber willig trottete Marlowe neben mir her.

»Da ist er«, rief ich Herrn Kasimir zu, der schon gespannt aus dem Fahrradkorb spähte.

»Marlowe«, rief Herr Kasimir, aber der Hund reagierte nicht. »Ich fürchte, ich habe keinen telepathischen Zugang zu ihm«, sagte er enttäuscht.

Ich nahm Herrn Kasimir behutsam aus dem Korb, und ging in die Hocke. Nicht nur seine Barthaare, sein ganzer Meerschweinchenkörper zitterte, als ich ihn vor die mächtige Hundenase hielt. Marlowe beschnupperte ihn ausgiebig. Dann wedelte er plötzlich freudig mit dem Schwanz und begann, ihn hingebungsvoll abzulecken. Marlowes offensichtliche Zuneigung rührte mich. »Er versteht vielleicht nicht, was Sie sagen, aber irgendwie glaub ich fast, er erkennt Sie«, tröstete ich Herrn Kasimir.

Herr Kasimir schüttelte sich den Speichel aus dem Pelz. »Setz mich auf seinen Rücken! Ich möchte, dass er sich an meine neue Gestalt gewöhnt.«

Obgleich sich sein vierbeiniger Passagier verkrampft und höchst unsicher in sein Fell krallte, ließ Marlowe es ohne Widerstand geschehen.

Ich war erstaunt, wie leicht der kräftige Hund zu führen war. Er zog nicht an der Leine und blieb stehen, sobald ich stehen blieb.

»Warum haben Sie sich eigentlich ausgerechnet einen Bluthund ausgesucht, es gibt doch definitiv schönere Hunde?«, erkundigte ich mich.

»Ausgesucht hab ich ihn in dem Sinne auch nicht – unser Zusammentreffen war schicksalhaft. Er gehörte zur Diensthundestaffel, bis er verletzt wurde«, sagte Herr Kasimir.

»Verletzt?«

»Ja, er hat einen Einbrecher aufgestöbert. Der brutale Mistkerl stach mit einem Messer auf ihn ein und verletzte ihn schwer. Marlowe überlebte zwar, aber von da ließ er sich das Geschirr nicht mehr umlegen und war deshalb dienstuntauglich.«

»Geschirr?«

»Von klein auf werden Diensthunde auf ein ganz bestimmtes Geschirr konditioniert. Sobald es umgelegt wird, weiß das Tier, jetzt geht die Suche los. Dieser Verbrecher muss ihn damit gewürgt haben, während er auf ihn einstach. Jedenfalls geriet Marlowe danach jedes Mal in Panik, wenn man es ihm umlegen wollte.«

Ich warf einen beklommenen Blick auf den behäbig neben mir herzockelnden Hund. »Und da haben Sie Marlowe zu sich genommen.«

»Ja, die Sache mit Marlowe passierte, als ich gerade erfahren hatte, dass ich unter einer Herzschwäche leide und mein Leben umstellen muss. Da ich weder das Rauchen noch die Süßigkeiten aufgeben wollte, hatte ich ohnehin schon an einen Hund gedacht, damit ich wenigstens mehr Bewegung habe. Ich hatte bereits mit einem der Diensthundeführer gesprochen, weil die sich mit Hunden hervorragend auskennen, und der fragte mich schließlich, ob ich mir Marlowe nicht mal ansehen wolle. Von den Kollegen könne ihn keiner zu sich nehmen und er würde sonst eingeschläfert.«

»Oh«, sagte ich. »Wie schrecklich!«

»Nicht schön so etwas, aber das wird leider immer

wieder gemacht. Ich war nicht überzeugt davon, ausgerechnet einen Bluthund zu nehmen, aber als ich Marlowe dann sah, war es, wie man so sagt, Liebe auf den ersten Blick.«

Ich nickte. »Das verstehe ich, er hat so etwas …« Ich suchte nach dem passenden Wort.

»Seelenvolles«, ergänzte Herr Kasimir. »Etwas, das ich bei den meisten Menschen vermisse. Marlowe liebte mich bedingungslos, zweifelsohne hat er mich am Leben erhalten.«

»Es macht Spaß, Marlowe auszuführen«, sagte ich. »Er passt sich meinem Tempo völlig an. Wenn er an der Leine zerren würde, könnte ich ihn bestimmt nicht halten.«

»Dem Hunde, wenn er gut erzogen, wird selbst ein weiser Mann gewogen«, zitierte Herr Kasimir.

»Von wem ist das?«

»Goethe.«

Ich lachte. »Klar, von wem auch sonst. Der alte Goethe hatte wohl für alles einen Spruch.«

Wir näherten uns schon wieder dem Außengehege, als mein Handy klingelte.

Eigentlich klingelt mein Handy nicht, sondern es ruft mich. Die meisten Klingeltöne klingen ja irgendwie ähnlich. Das ist bescheuert, wenn du zum Beispiel im Bus sitzt und alle ihr Handy rauskramen, wenn es in irgendeiner Tasche klingelt. Jedenfalls hab ich vor einiger Zeit eine App mit einem Klingeltongenerator gefunden, der auch Sprache aufnehmen kann. Und seither ruft mich mein Handy beim Namen. *Valentine, Telefon!* Und zwar – das ist echt witzig – mit einer Papageienkrächzstimme. Das hat kein anderer.

Valentine, Telefon!, krächzte also mein Telefon.

»Hallo?«

»Valentine, wo bist du?«

Es war Mum.

»Ich bin schon unterwegs«, sagte ich.

»Hast du eingekauft?«

»Mach ich noch.«

Pause.

»Was ist das für ein Gekläff?«

»Hast du noch Schmerzen?«, fragte ich zurück. Aber Mum ging auf meine Anteilnahme nicht die Bohne ein.

»Valentine, wo bist du!«

Ich musste also Farbe bekennen. Während ich ihr erzählte, dass ich im Tierheim war und mit Marlowe spazieren ging, konnte ich die Furche auf ihrer Stirn geradezu vor mir sehen.

»Dass du mir das hässliche Vieh bloß nicht anschleppst.«

»Mum …!«

»Vergiss es!«

Ich seufzte. »In spätestens einer Stunde bin ich da.«

»Beeil dich! Und bring noch hundert Gramm vom echten Schweizer Emmentaler für deinen Vater mit! Heute esst ihr zwei kalt, mir ist weder nach Essen noch nach Kochen. Mein Abendessen wird aus einer Pillendose kommen.«

Nachdem ich Marlowe zurückgebracht hatte, trat ich in die Pedale. Es wurde allmählich schon dunkel, und ich bin nicht gern in der Dämmerung draußen. Das ist auch etwas, was ich an dieser Jahreszeit so hasse. Die Tage werden nicht nur kälter, sondern überflüssigerweise auch noch kürzer. Obwohl ich die Kapuze übergezogen hatte, froren mir vom Fahrtwind schier die Ohren ab. Ich beneidete Herrn Kasimir, der es mollig warm in meiner Sweatshirttasche hatte. Dort blieb er auch, während ich im Supermarkt einkaufte. Ihn im Fahrradkorb zu lassen, wagte ich nicht. Es waren zu viele Leute auf dem Parkplatz, die alles Mögliche mit einem Meerschweinchen anstellen konnten, Dinge, die ich mir lieber nicht ausmalen wollte. Dennoch konnte es Herr Kasimir nicht lassen, die Nase herauszustrecken, was dazu führte, dass ihn am Käsestand ein kleiner Junge entdeckte und mit dem Finger auf mich zeigte.

»Mama, die mit der Brille hat 'ne Maus in der Tasche«, sagte er so laut, dass es alle hören konnten.

Seine Mutter schüttelte vorwurfsvoll den Kopf. »Schatz, man deutet doch nicht auf andere Leute!«

Mit einem säuerlichen Lächeln schob ich Herrn Kasimir zurück, während die Frau stirnrunzelnd die verdächtige Beule in meinem Shirt musterte. Ich zog es vor, das Feld zu räumen.

Daheim stellte ich die Einkaufstüten auf den Küchentisch, dann brachte ich Herrn Kasimir in mein Zimmer und setzte ihn in seinen Käfig. »Ich bringe Ihnen nachher was zu fre…, etwas zu essen«, verbesserte ich mich und schloss das Türchen.

»Einen Moment noch!«, sagte Herr Kasimir. »Kannst du mir vorher noch sagen, wo hier die Toilette ist?«

Ich schluckte. Logisch, Oberkommissar Kasimir hatte in diesen Dingen natürlich andere Bedürfnisse als mein kleiner Bully, der hemmungslos unter sich ließ, wo er ging und stand.

»Könnten Sie nicht vielleicht hinter das Häuschen gehen?«

»Gibt es eine Alternative?« Seine Stimme klang gereizt.

»Ich mach den Käfig regelmäßig sauber.«

»Was heißt regelmäßig?«

Ich zuckte verlegen mit den Schultern. »So oft wie nötig eben.«

Herr Kasimir sackte in sich zusammen. »Es ist mir zutiefst zuwider, selbst in diesen intimen Dingen abhängig von dir zu sein.«

»Das versteh ich ja, aber ich muss jetzt los!«, sagte ich. Ich hatte definitiv keine Lust, dieses peinliche Thema weiter zu vertiefen.

Mum pulte eben eine Schmerztablette aus der Packung, als ich in die Küche kam. Sie sah mich finster an. »Wo ist der Emmentaler?«

»Ups!« Ich blickte an ihr vorbei. »Vergessen.«

»Valentine, wo hast du nur deinen Kopf?«

»Sorry, Mum. Leg dich doch wieder hin! Ich richte heute das Abendessen. Es sind ja genug andere Sachen da.«

Während Mum auf dem Wohnzimmersofa lag, aßen mein Vater und ich in der Küche zu Abend.

»Deine Mutter hat mir erzählt, dass du heute im Tierheim warst«, sagte sich Dad.

Ich nickte. »Der Hund ging mir einfach nicht mehr aus dem Kopf. Er trauert und frisst nicht, aber der Spaziergang, den ich mit ihm gemacht habe, hat ihm, glaub ich, gutgetan.«

»Ganz bestimmt«, sagte Dad. »Ich habe in der Bestattungsvorsorge noch mal nachgelesen. Dieser Herr Kasimir – er hat vor Jahren übrigens seine Mutter von uns bestatten lassen – hat alles genau festgelegt, aber von einem Hund steht da nichts.«

»Wann ist eigentlich die Beerdigung?«

»Am Freitag. Frau Kuckelkorn hat die Anzeige schon in die Zeitung gesetzt.«

»Aber wenn er keine Angehörigen hat, wer soll denn dann überhaupt kommen?«

»Keine Ahnung. Jedenfalls legte er großen Wert auf einen gediegenen Abschied. – Das trifft man öfters, gerade bei Einzelgängern, als wollten sie wenigstens im Tod richtig gewürdigt werden. Er hat sogar den Baden-Baden für sich ausgesucht.«

»Wow«, sagte ich.

Der *Baden-Baden* – für alle, die vielleicht nicht so sehr mit Sargmodellen vertraut sind – ist ein ganz besonderer Sarg aus unserer Exklusivserie. Vollholz Eiche mit massiven Messingbeschlägen. Schweineteuer, aber an dem beißen sich die Würmer ein paar Jahre lang die Zähne aus.

Dad nickte. »Er hat sogar eine offene Aufbahrung angeordnet. – Olaf hat ihn zum Glück sehr ordentlich hingekriegt.«

Ich nickte. »Ich hab ihn gesehen, er sah trotzdem irgendwie verbissen aus.«

»Ich denke, er war schon zu Lebzeiten keine Frohnatur«, sagte Dad. »Es ist zwar schon eine Zeit her, aber ich erinnere mich noch genau an das Gespräch, das wir damals hatten. Er hat jedenfalls alles bis ins Detail geplant, die Grabstätte auf dem alten Stadtfriedhof gemietet und eine Grabplatte bestellt. Er sagte, er wolle keine Bepflanzung, es gäbe niemanden, der das Grab pflegen würde.«

Ich musste unwillkürlich an Janine denken, sie würde sicher enttäuscht sein, wenn sie keine Vergissmeinnicht pflanzen konnte.

Dad schüttelte nachdenklich den Kopf. »Eigenartig war der. Und er hat so eine merkwürdige Aufschrift für seine Grabplatte festgelegt.«

»Weißt du noch was?«

»Das weiß ich noch ganz genau«, sagte Dad. »Homo, homini lupus.« In goldener Schrift auf schwarzem Marmor.

»Wenn er bei der Polizei war, wusste er vermutlich, warum er ausgerechnet diesen Spruch wollte«, sagte ich.

Mein Vater nickte nachdenklich. »Vermutlich, jedenfalls war ihm völlig egal, was seine Bestattung kostet, ich hatte ihm natürlich vorgeschlagen, das Grab seiner Mutter mitzunutzen, was viel preiswerter gewesen wäre. Aber das wollte er nicht.«

»Komisch«, brummelte ich und nahm mir vor, Herrn Kasimir darauf anzusprechen.

Dad und ich räumten die Küche auf, dann gingen wir ins Wohnzimmer.

Mum sah von der Zeitung hoch. »Hat einer von euch heute schon den Regionalteil gelesen?«

Wir schüttelten den Kopf.

»Ich hab richtig Gänsehaut«, sagte sie. »In der Gegend treibt sich ein Kerl herum, der hat schon zwei Frauen angefallen. Die eine konnte fliehen, die andere hat er in die Büsche gezogen. – Schrecklich so was!«

Unwillkürlich überrieselte auch mich ein Schauder. »Scheiße!«, stieß ich aus.

Mum war so mit dem Vorfall beschäftigt, dass sie den Kraftausdruck hinnahm. »Pass bloß auf, Valentine!«, sagte sie. »Es wird jetzt von Tag zu Tag früher dunkel.«

Dad nickte. »Deine Mutter hat recht! Besser, du bist jetzt immer schon daheim, ehe es dunkel wird.«

Das Thema kam mir wie gerufen. Ohne diplomatisches Vorspiel platzte ich heraus: »Vor einem Hund wie Marlowe hätte so einer schon Respekt.«

Dad hob abwehrend die Hände. »Unsere Kundschaft aber auch, jedenfalls die lebende. – Vergiss nicht, dass viele Leute Angst vor großen Hunden haben. Das ist nicht gut fürs Geschäft.«

»Marlowe ist gut erzogen«, sagte ich. »Der tut keinem was. Ich würde schon drauf achten, dass er nicht unten im Laden rumläuft.«

Meine Mutter hob die Augenbrauen. »So wie du auf Peppy und Bully geachtet hast.«

Ich presste die Lippen zusammen. Mist, mein Vorstoß war komplett fehlgeschlagen.

9. KAPITEL 

Herr Kasimir wartete schon ungeduldig, als ich mit einem Schälchen Wasser, einer klein geschnittenen Karotte und einigen Scheiben Salatgurke in mein Zimmer kam.

»Hoffe, das Zeug ist wenigstens halbwegs essbar, mein Meerschweinchenmagen knurrt wie ein Wolf«, empfing er mich.

Während er mit erstaunlichem Appetit an dem ungewohnten Essen knabberte, fragte ich ihn, warum er sich nicht die Grabstelle mit seiner Mutter teilen wollte.

Er unterbrach seine Mahlzeit, seine Barthaare begannen jäh zu zucken. »Weil ich auf gar keinen Fall auf Mamas Knochen liegen möchte.«

Das konnte ich absolut nachvollziehen. Ich persönlich finde ja sowieso, dass Erdbestattungen eigentlich schaurig sind. Seit ich in Felix' Lehrbuch über necrophage Insekten geblättert hab, würde ich es hundertpro vorziehen, als Häufchen Kohlenstoff in einer Urne die Ewigkeit anzutreten.

Ich nickte. »Das verstehe ich, aber wieso wollen Sie so einen pessimistischen Spruch auf Ihrer Grabplatte haben?«

»Weil es wahr ist. Und weil ich in meinem Leben schon Sachen erlebt habe, die einen zum Pessimisten machen. In den Jahren bei der Kripo habe ich sage und schreibe 95 Mordfälle aufgeklärt.«

»Beinahe hundert«, sagte ich und schaute Herrn Kasimir bewundernd an.

»Beinahe«, wiederholte er fast bedauernd. – »Jedenfalls kannst du mir glauben, da waren Taten dabei, die sich deiner Vorstellungskraft entziehen. Manchmal hab ich gedacht, es gibt Kreaturen, die den Namen Mensch nicht verdienen, barbarische Zellhaufen ohne Herz und Hirn.«

»Ich kann mir alles vorstellen«, gab ich zurück.

Herr Kasimir sah mich überrascht an. »Ein Küken wie du?«

»Ich bin Realist. Aber man kann andern auch übel mitspielen, ohne sie gleich umzubringen.«

»Das stimmt allerdings«, sagte Herr Kasimir. »Vielen macht es Angst, wenn einer anders ist, vor allem wenn er besser ist.«

Ich verzog das Gesicht. »Da ist was dran. Aber in meinem speziellen Fall liegt es auch am Geschäft. Von klein auf wollte keiner zu mir kommen.«

Herr Kasimir wischte sich einen Karottenrest aus den Barthaaren. »Ja, das kenn ich. Mein Vater stammte aus Polen, er musste als Kriegsgefangener in einem deutschen Motorenwerk schuften. Dort lernte ihn meine Mutter kennen. Sie heirateten nach Kriegsende gegen den ausdrücklichen Willen ihrer Familie und zogen in die Heimat meines Vaters. Zwei Jahre nach meiner Geburt starb Vater, und Mutter ging nach Deutschland zurück, wo sie sich als Putzfrau abrackerte. Wir wohnten in einer ziemlich runtergekommenen Siedlung, die man heute als Brennpunktgebiet bezeichnen würde. – Wenn du weißt, was ich meine ...«

Ich nickte.

»Ich wuchs mit Gewalt, Alkohol und Drogen in der Nachbarschaft auf, kein gutes Umfeld für ein Kind. Meine Mutter versuchte, mich, so gut es ging, von all dem fernzuhalten und ließ mich nicht mit den Nachbarkindern spielen. Deshalb brachte sie mir aus der Leihbücherei stapelweise Bücher mit, um mich zu beschäftigen. Dennoch bekam ich zwangsläufig vieles mit. Die Polizei war Dauergast im Viertel, mich beeindruckten die Beamten damals schwer, Vorbilder hatte ich ja sonst keine. – Ich denke, deshalb hab ich mich später auch für den Polizeidienst entschieden. – Jedenfalls kam ich trotz dieser widrigen Umstände durch Empfehlung meiner Lehrer aufs Gymnasium. Dort war ich immer einer der Besten, aber Freunde fand ich trotzdem nicht. Den Bälgern aus meiner erlesenen Nachbarschaft ging ich aus dem Weg, weil sie mich piesackten, und meine Schulfreunde durften nicht zu mir kommen. Da, wo wir wohnten, ging keiner freiwillig hin.«

»Warum ist Ihre Mutter nicht fortgezogen?«

»Weil kein Geld da war und nach dem Krieg Wohnungen fehlten. Erst als ich schon ein junger Polizeibeamter war, zogen wir schließlich um – in das Haus in der Humboldtstraße.«

»Dann haben Sie also noch nie allein gelebt?«

»Und?«, fragte Herr Kasimir spitz.

»Nichts – und«, sagte ich rasch, während ich an seine gescheiterten Versuche in Sachen Liebe und die unfroh blickende alte Frau auf dem Foto dachte.

»Nach Mamas Tod war ich sehr einsam – bis dann zum Glück Marlowe zu mir kam.«

»Haben Sie eigentlich nie darüber nachgedacht, was mit ihm geschehen soll, wenn Sie gestorben sind?«, fragte ich.

»Damals als ich die Bestattungsvorsorge vereinbart habe, hatte ich den Hund noch nicht und danach habe ich tatsächlich nicht mehr oft an den Tod gedacht. Der Hund und ich waren ein eingeschworenes Team.« In seiner Stimme lag der Stolz eines Vaters, der von seinem gut geratenen Sohn erzählt.

»Entschuldigen Sie, wenn ich das frage«, sagte ich. »Aber hatten Sie außer dem Hund noch andere Freunde? – Dad sagte nämlich, dass Sie eine ziemlich kostspielige Beerdigung geordert haben.«

Herr Kasimir schwieg für einen Moment. »Nein – Freunde habe ich eigentlich nicht, und zu meinen wenigen Verwandten besteht kein Kontakt, was an dieser verfahrenen Familiengeschichte liegt. Die Bestattung ist das erste und gleichzeitig letzte große Fest, das ich für mich ausrichte. Seit meiner armseligen Konfirmation – über die ich lieber nicht sprechen möchte – hatte ich kein Fest mehr. Aber wenigstens möchte ich einen Abschied, der meiner würdig ist. Vielleicht kommen ja ein paar Leute, die mich kannten, da will ich mir keine Blöße geben.«

Ich lächelte beklommen. »Der Baden-Baden wird sie sicher beeindrucken.«

Herr Kasimir sah mich fragend an.

»Dieser irrwitzig teure Sarg.«

»Man stirbt schließlich nur einmal. – Weißt du inzwischen, wann es losgeht?«

»Übermorgen.«

»Wann genau?«

Mir schwante Übles. »Sie wollen doch nicht etwa dabei sein?«

»Aber natürlich, was dachtest du. Die Chance lass ich mir doch nicht entgehen! Wer kann das schon?«

»Das geht auf keinen Fall«, sagte ich. »Die Aufbahrung findet in der Aussegnungshalle auf dem Friedhof statt. Und – schon vergessen? Sie sind ein Meerschweinchen!«

»Und du bist meine Assistentin und wirst mich hinbringen.«

Ich schüttelte heftig den Kopf. »Das werde ich nicht. Wie soll ich das anstellen? Ich bin nie bei den Beerdigungen dabei.«

Herr Kasimir pfiff auf. »Bei dieser wirst du dabei sein. Ich befehle es dir!«

Ich musste unwillkürlich lachen. Die Situation war einfach zu grotesk. Ich presste die Hand auf den Mund. »Sorry!«

Herr Kasimir schien sich schlagartig seiner fatalen Situation wieder bewusst zu werden. Er blickte mich aus Bullys Kulleraugen todtraurig an und schlich in sein Häuschen. Mann, ich hatte ihn ehrlich nicht kränken wollen, mir tat sofort leid, dass ich mich nicht besser beherrscht hatte.

»Herr Oberkommissar«, sagte ich. »Ich verstehe Sie ja, aber ist es jetzt nicht wichtiger, einen zweiten Mord zu verhindern? Der Täter hat vielleicht bereits bemerkt, dass sein Plan gescheitert ist. Sie haben doch bestimmt schon eine Idee.«

Er ließ mich eine ganze Weile warten, ehe er wieder auftauchte. »Zünd mir eine an!«

Ich schüttelte den Kopf. »Sie können nicht mehr rauchen, das haben Sie doch heute selbst gesehen.«

Doch in diesem Punkt konnte ich nicht auf seine Einsicht setzen.

Seine Barthaare bebten erregt. »Lass mich wenigstens die Nase kurz in den Rauch halten, ich brauch das zum Denken. Behandle mich gefälligst nicht andauernd wie ein dussliges Meerschweinchen und tu mir den Gefallen!«

Ich verkniff mir eine bissige Antwort, zog seufzend eine Jacke über und verfrachtete den Käfig auf den Balkon. Wenn Mum etwas roch, hatte ich ein Problem, aber was sollte ich tun …

»Aah«, stöhnte Herr Kasimir, als ich die brennende Zigarette zwischen die Gitterstäbe klemmte, und atmete den Qualm genüsslich ein. »Was unseren Fall angeht – wir müssen zuerst die Lage sondieren.«

Ich nickte. »Ich denke auch, dass wir Kasmer aufsuchen und warnen müssen.«

»Aufsuchen, ja – warnen, vorerst nein«, erwiderte Herr Kasimir. »Unser Wissensvorsprung ist derzeit nicht vermittelbar. Einem Team aus einem Teenager und einem Meerschweinchen sind Grenzen gesetzt. Es wird sich zeigen, welche Handlungsoptionen wir haben.«

»Heißt das, wir gehen da morgen hin?«
»Das habe ich vor. Und Marlowe nehmen wir mit.«

10. KAPITEL 

Marlowe erhob sich freudig, als ich am nächsten Morgen zu seinem Zwinger kam, um ihn abzuholen.

Ohne ein Zeichen von Ermüdung lief er die ganze Wegstrecke vom Tierheim zur Humboldtstraße neben meinem Fahrrad her. Das Herbstwetter zeigte sich an diesem Tag von seiner sonnigen Seite, weshalb Herr Kasimir mit Nachdruck darauf bestand, auf Marlowes breitem Rücken zu reiten, und so ernteten wir viele belustigte Blicke. Die beiden gaben definitiv ein bizarres, aber auch herzerwärmendes Bild ab.

Das Haus Nummer 88 lag, von einer Ziegelmauer umgeben, am Saum einer kleinen Grünanlage und gehörte zu einer Reihe alter Villen, die den Krieg heil überstanden hatten. Ich ließ mich auf eine Parkbank sinken, setzte Herrn Kasimir auf die Schulter und blickte ratlos zu den Häusern hinüber.

Es war niemand zu sehen, nur ein silberfarbenes Cabriolet stand in der Einfahrt. Ich fragte mich, ob es Herrn Kasmer gehörte.

»Ein BMW-Cabrio«, bemerkte Herr Kasimir, der unser Ziel ebenso gespannt in Augenschein nahm wie ich. »Ziemlich teure Karre.«

»Und jetzt?«

»Jetzt zündest du mir eine an, damit ich besser denken kann!«

Mit einem unwilligen Seufzer kramte ich die Zigaretten aus der Hosentasche. Sie in meinem Zimmer zu lassen, war mir zu riskant erschienen. Mit Todesverachtung rauchte ich eine an und hielt sie ihm unter die Nase. Herr Kasimir atmete den Qualm behaglich ein.

Ein älteres Ehepaar kam vorbei und strafte mich mit abschätzigen Blicken. Ich sah verlegen weg.

»Wir müssen mit dem Bewohner Kontakt aufnehmen«, sagte Herr Kasimir.

Ich verdrehte die Augen. »Das weiß ich auch, aber ich kann doch da nicht einfach klingeln.«

»Kannst du werfen?«

»Wie bitte?«

»Mädchen können normalerweise nicht gut werfen.«

»Ich schon!« Sein Einwand ärgerte mich. Zugegeben, ich bin nicht sehr gut in Sport. Aber werfen kann ich. Damit rette ich seit Jahren meine Punktzahl bei den Schulsportspielen.

»Umso besser!«, sagte Kasimir. »Dann wirf Marlowes Bällchen auf das Grundstück!«

Seine Idee gefiel mir, ich löschte die Zigarette, nahm Marlowes kleinen Ball aus dem Fahrradkorb und holte aus. Marlowe sprang erwartungsvoll hoch. Als ich warf, sprintete er los, setzte seinem Spielzeug begeistert nach und blieb nach einer Vollbremsung enttäuscht bellend vor der Mauer stehen.

»Und jetzt kannst du klingeln«, sagte Herr Kasimir.

Ich folgte Marlowe, leinte ihn an und ging unsicher zu dem schmiedeeisernen Gartentor, *Kasmer* stand auf dem altmodischen Messingschild daneben. Wir waren also richtig.

Kaum hatte ich geklingelt, fing mein Herz an wie wild zu klopfen. Wer würde uns öffnen? Wieso wollte jemand den Bewohner dieses Hauses töten? War ich gerade dabei, mich in einen Bandenkrieg zu manövrieren? War ich womöglich einem Racheakt der Mafia auf der Spur? Landete ich demnächst in Beton eingegossen im Fundament eines Brückenpfeilers oder in einem verrosteten Fass, aufgelöst in Säure? Vor meinem inneren Auge spielten sich die abscheulichsten Szenarien ab. Ich war drauf und dran, das Weite zu suchen, als der Summer ertönte.

»Worauf wartest du«, hörte ich Herrn Kasimir.

»Ich weiß nicht …«, sagte ich zögernd und stieß das Tor auf.

Eben da öffnete sich die Haustür und eine alte Dame in einem Rollstuhl sah mich mit dem gleichen Erstaunen an wie ich sie. »Willst du zu mir?«

»Äh, eigentlich …« Ich betrat den Gartenweg und ging unsicher auf sie zu. »Eigentlich wollte ich nur das Bällchen – mein Hund – ich hab es aus Versehen in Ihren Garten geworfen«, stammelte ich.

»Ach so!« Die alte Dame lächelte. »Einen schönen Hund hast du und das kleine Tier da auf deiner Schulter, was ist das?«

»Ein Meeri«, sagte ich. »Ein Schopfmeerschweinchen.«

Die alte Dame rollte mir ein Stück entgegen. »Schwarzweiß, ungewöhnliche Farbe. Darf ich es mal nehmen?«

»Darf sie nicht!«, protestierte Herr Kasimir.

Ich grinste. »Aber klar!« Damit setzte ich ihn kurzerhand auf ihren Schoß. »Er ist ganz zahm.«

Die zerbrechlichen Finger der alten Dame strichen sanft über das weiche Fell. »Ein *er* also – wie heißt er denn?«

»Bul… – äh, Herr Kasimir.«

»Ein ungewöhnlicher Name.«

»Er ist auch kein gewöhnliches Meerschweinchen.«

»Und du bist …?«

»Valentine und das ist Marlowe«, sagte ich mit einem Blick auf den großen Vierbeiner.

Die Frau lächelte. »Und ich bin Käthe Kasmer.«

Käthe Kasmer. Das war also *K. Kasmer,* eine zierliche alte Lady mit watteweißen Kringellocken. Okay, dachte ich, die hat mit der Mafia so viel zu tun wie Mutter Teresa.

Sie blickte Herrn Kasimir verzückt an. »Darf ich ihn halten, bis du das Bällchen im Garten gefunden hast?«

»Gern, er mag es, wenn er gekrault wird.«

Herr Kasimir pfiff empört. »Verdammt, ich bin doch kein Schoßtier.«

Ich ignorierte seine Beschwerde und verzog mich in den parkähnlichen Garten.

»Such das Bällchen!«, rief ich, als hinter der Hausecke urplötzlich ein hoch gewachsener Mann erschien. Während ich ihm mit einem erschrockenen Blick zunickte, hatte Marlowe sein Spielzeug gefunden und brachte es schwanzwedelnd zu mir. Ich wandte mich um und lobte ihn, als ich wieder hoch sah, war der Mann verschwunden.

»Ich hab jemanden in Ihrem Garten gesehen«, sagte ich zu Frau Kasmer, als ich wieder zurückkam.

»Das ist Heiko, er kümmert sich um den Garten. Früher haben Karl – das war mein Mann – und ich alles selbst gemacht. Aber heute …« Sie seufzte. »Karl ist tot und seit ich den Schlaganfall hatte, bin ich in so vielen Dingen auf Hilfe angewiesen.« Sie lächelte traurig. »Alt werden ist nichts für Feiglinge.«

Den Spruch kannte ich von Oma Engel. Ich nickte mitfühlend, obwohl ich mir ehrlich gesagt, beim besten Willen nicht vorstellen kann, wie es sein muss, so alt zu sein.

»Eine gute Gelegenheit, sie in ein Gespräch zu verwickeln«, ließ sich Herr Kasimir vernehmen, der stocksteif auf dem Schoß der alten Dame saß und ihre streichelnden Finger erduldete.

»Leben Sie allein?«, fragte ich.

Frau Kasmer schüttelte den Kopf. »Als ich nach dem Schlaganfall aus der Klinik kam, musste ich mir eine Haushälterin nehmen. Die Alternative wäre ein Heim gewesen. Aber zum Glück hab ich fürs Alter etwas zurückgelegt, sodass ich mir eine Hilfskraft leisten kann.«

Sie rieb sich fröstelnd die Arme. »Mir wird allmählich kalt.« Dann sah sie mich unsicher an. »Ich habe gerade eine Kanne Tee gekocht, hast du vielleicht noch etwas Zeit?«

Natürlich hatte ich Zeit! Frau Kasmer rollte in ihrem Rollstuhl voran in die Küche, in der ein altertümlicher Holzherd anheimelnd vor sich hin bullerte. »Auf dem Herd hat schon meine Mutter gekocht«, kommentierte sie meinen erstaunten Blick. »In der Übergangszeit reicht er völlig aus und ich spare Öl.«

Marlowe ließ sich schwerfällig auf den warmen Fliesen vor dem Ofen nieder. Frau Kasmer sah ihm wehmütig zu. »Von klein auf hab ich Tiere gemocht. – Wir hatten immer einen Hund.« Sie seufzte leise. »Ich hoffe, du magst Pfefferminztee? – Ich liebe Pfefferminze!« Während sie Tee in eine geblümte Tasse goss, befreite ich Herrn Kasimir aus seiner unliebsamen Lage und setzte ihn neben Marlowe auf den Boden.

»Die beiden sind gute Freunde, was?«, sagte sie. »So ein nettes Bild, das würde Julia gefallen. Sie musste ihren geliebten Vierbeiner leider in den USA zurücklassen.«

»J Punkt«, bemerkte Herr Kasimir, seine Barthaare zuckten heftig.

»Julia?«, wiederholte ich.

»Meine Enkelin.«

Ohne dass ich groß nachfragen musste, erfuhr ich, dass Frau Kasmers Sohn in die USA ausgewandert war und als Neurobiologe in Boston arbeitete. Julia hatte ihre ganze Kindheit dort verbracht und war erst vor ein paar Wochen zum Studium nach Deutschland gekommen, um ihre deutschen Wurzeln zu festigen. »Ich bin froh, dass Julia jetzt in der Nähe studiert«, sagte die alte Dame. »Nun können wir uns endlich richtig kennenlernen. Ich freue mich, dass sie an den Wochenenden immer herkommt. Morgen ist es wieder so weit. Ich hatte letzten Dienstag Geburtstag – 88, das muss man sich mal vorstellen – den feiern wir nach.«

Dann lächelte sie verlegen. »Oh Gott, ich rede ja die ganze Zeit von mir – das interessiert dich sicher alles gar nicht. Jetzt erzähl du mal! – In welche Klasse gehst du?«

Obwohl ich sogar sehr interessiert war, möglichst viel über *sie* zu erfahren, beantwortete ich ihre Frage, die wie das Amen in der Kirche die typischen weiteren nach sich zog. Small Talk mit Erwachsenen läuft meiner Erfahrung nach fast immer nach dem gleichen Muster ab: Schule, Hobbys, Freunde. Beim letzten Punkt *Freunde,* antwortete ich ihr wahrheitsgemäß, worauf sie meinte, ein so nettes Mädchen wie ich müsste doch unzählige Freunde haben. Ich verkniff mir eine bissige Bemerkung, die sie nur vor den Kopf gestoßen hätte.

Dann erstarb unser Gespräch. Während ich an meinem Tee nippte und überlegte, wie ich es wieder in Gang bringen könnte, sagte Frau Kasmer: »Valentine, es war nett dich kennenzulernen. Aber jetzt würde ich mich gern ein bisschen hinlegen. Das ist auch eine unangenehme Begleiterscheinung des Alters. Man wird so schrecklich schnell müde.«

Sie begleitete mich und die Vierbeiner bis zur Tür. Nachdem ich mich von ihr verabschiedet hatte, krümmte sich mir schier der Magen. Die zerbrechliche kleine Frau im Rollstuhl war in höchster Gefahr, musste ich sie denn nicht warnen?

»Frau Kasmer …«, setzte ich an.

»Lass es!«, hörte ich Herrn Kasimirs Stimme. »Sie würde dir nicht glauben.«

Die alte Dame sah mich fragend an.

»Viel Spaß morgen«, murmelte ich.

»Komm doch mal wieder auf eine Tasse Tee vorbei – und bring deine beiden vierbeinigen Freunde mit«, sagte Frau Kasmer und schloss die Tür.

Als ich auf den Gehsteig trat, blinkte die Zentralverriegelung des BMW-Cabriolets. Dann sah ich Frau Kasmers Gärtner mit dem Wagen wegfahren. In meinem Kopf schwirrte ein Bienenschwarm. Mord war an sich schon etwas unvorstellbar Schreckliches, aber die Enkelin …

Deprimiert stieg ich auf mein altes Fahrrad und radelte los. »Wer bringt denn seine eigene Großmutter um?«, sagte ich.

»Selbst das kommt vor«, antwortete Herr Kasimir. »In der Regel sind solche Familiendramen Beziehungstaten. Aber die sind selten gut geplant – darüber denke ich auch schon die ganze Zeit nach.«

Seine nüchterne Betrachtung ließ mich erschaudern. »Aber wir müssen doch irgendetwas tun! Diese Julia kommt morgen. Was, wenn sie es wieder versucht?«

»Ja, wir sollten uns die Enkelin wohl mal genauer ansehen«, sagte Herr Kasimir.

11. KAPITEL

An diesem Abend trieb mich allerdings noch ein anderes Problem um. Herr Kasimir wandte sich ab, als ich ihm sein Essen brachte. »Ich habe heute keinen rechten Appetit.«

Obwohl er das Thema nicht ansprach, ahnte ich, was in ihm vorging. Er dachte an seine Beerdigung. Ich hatte auf dem Plan in Kuckelkorns Büro nachgesehen, und wusste, dass sie für elf Uhr angesetzt war. Schon seit unserem kleinen Streit neulich machte ich mir Gedanken, wie ich seinen Wunsch doch noch erfüllen konnte. Mein Problem war, einen schlüssigen Grund zu finden, warum ich bei der Beerdigung eines wildfremden Kunden dabei sein wollte. Bisher war mir aber beim besten Willen keiner eingefallen.

Doch wie das manchmal so ist im Leben, bot sich mir völlig überraschend doch noch eine Möglichkeit.

Mum ging es heute schon viel besser, ihre Wange war noch etwas geschwollen, aber sie hatte fast keine Schmerzen mehr. Beim Abendessen goss sie sich ein Glas Wein ein und prostete Dad und mir gut gelaunt zu. »Auf den letzten Weisheitszahn, es ist vollbracht!«

»Wozu hat man die eigentlich«, sagte ich, »wenn die sowieso rausmüssen. Genau wie dieser überflüssige Blinddarm. Was hat sich Gott eigentlich dabei gedacht?«

Dad lachte. »Wahrscheinlich hat er an Zahnärzte und Chirurgen gedacht. Die wollen schließlich auch leben.«

»Okay«, sagte ich. »Dann sind wir wohl sterblich, damit die Bestatter Geld verdienen.«

»So hab ich das noch gar nicht betrachtet.« Dad zwinkerte mir zu. »Jedenfalls ist unser Geschäft hundertprozentig krisensicher.«

»Wie ist das eigentlich morgen?«, fragte ihn Mum. »Hast du Felix erreicht?«

Dad nickte. »Er kann zum Glück einspringen. Olaf und ich bringen den ersten Kunden – du weißt schon, den, dem der Hund gehörte – gleich in der Früh zum alten Stadtfriedhof, dann kann Felix das mit der Deko übernehmen, während wir den nächsten Sarg zum Waldfriedhof transportieren, hoffe, er schafft das allein. Solange Herr Hahn seine Bandscheibe nicht in Ordnung hat, fällt er ja leider aus.«

Während ich scheinbar unbeteiligt zuhörte, kam mir

eine Idee. »Ich hab Ferien, ich könnte Felix mit den Blumen helfen«, sagte ich so beiläufig wie möglich.

Dad sah mich überrascht an. »Du?«

Mum zuckte mit den Schultern. »Warum auch nicht? Valentine ist alt genug. Das hat sie gestern schon bewiesen, als die Anziehsachen für den Kunden von morgen geholt werden mussten.«

Dad hob die Augenbrauen. »Von mir aus gern!« Ein kleines zufriedenes Lächeln umspielte seine Mundwinkel. »Deine Mutter hat sicher recht, ich hab wohl übersehen, dass aus meinem kleinen Mädchen eine junge Dame geworden ist. Ich freue mich über dein Interesse an unserem Geschäft. Und Felix ist sicher froh, wenn er nicht alles allein machen muss.«

Als ich in mein Zimmer kam, hatte sich Herr Kasimir schon in sein Häuschen zurückgezogen. Seit ich ihn mit der Beerdigung so schroff hatte abfahren lassen, hatte er seinen Wunsch nicht wieder erwähnt, was ich seinem Stolz zuschrieb.

Ich klopfte an den Käfig. »Herr Kasimir, ich wollte noch mit Ihnen über morgen reden.«

»Wozu?« Seine Stimme klang deprimiert.

Ich räusperte mich. »Ich hab doch noch eine Möglichkeit gefunden, wie Sie an Ihrer Beerdigung teilnehmen können.«

Nach einem Moment des Schweigens erschien eine schwarze Nase. Nachdem ich ihm meinen Plan erklärt hatte, begannen seine Barthaare heftig zu zucken. »Das ist wirklich sehr nett von dir.« Seine Stimme klang bewegt. »Ein wahrer Freundschaftsdienst. Ich danke dir, dass du meine sterbliche Hülle auf ihrem letzten Weg begleitest. Viele Trauergäste erwarte ich nämlich nicht.«

Ich schluckte. »Der Termin stand immerhin in der Zeitung.«

»Vermutlich schicken sie jemanden vom Kommissariat«, sagte Herr Kasimir. »Hoffentlich nicht den Flatter, wir konnten uns noch nie leiden. – Aber meine Beerdigung fällt gewissermaßen in seine Zuständigkeit, er war zuletzt mein Chef.«

»Flatter, wer ist das?«

»Polizeihauptkommissar Siegmund Flatter, ein Duzfreund des Bürgermeisters, einer, der zur richtigen Partei gehört, allen nach dem Munde redet und bei den missratenen Söhnchen gewisser Leute auch mal ein Auge zudrückt, wenn sie mit Gras erwischt werden.«

»Haschisch?«, erkundigte ich mich.

»Du hast's erfasst.« Herr Kasimir pfiff unvermittelt, dann redete er sich regelrecht in Rage. »Solche Leute kommen ratzfatz nach oben. Ich konnte das dummerweise nie. Seit ich klein war, wollte ich immer zu den Guten gehören, deshalb bin ich Polizist geworden. Ich habe mein Leben lang gesagt und getan, was ich für richtig hielt, ohne Rücksicht auf Verluste.«

Ich nickte stumm. Das Bild, das ich mir von Herrn Kasimir machte, wurde zunehmend bunter, aber auch widersprüchlicher.

Da war das Muttersöhnchen, das sich ein Leben lang nicht vom Rockzipfel hatte lösen können. Da war der erfolgreiche Polizeikommissar, dessen Aufklärungsquote alle anderen übertraf, und da war der Rebell, der an seinen Werten festhielt, auch wenn ihm das Nachteile brachte. Mein Respekt vor ihm wuchs.

Am nächsten Morgen stand ich schon um sechs auf, wusch mir die Haare und legte Wimperntusche auf. Heute war das erste Mal, dass ich als Vertreterin des Bestattungshauses Engel auftrat und ich wollte so seriös und erwachsen wie möglich aussehen. Trotzdem war ich mit meinem Spiegelbild überhaupt nicht zufrieden. – Das ist bei mir immer so. Vielleicht sollte ich doch noch mal über Kontaktlinsen nachdenken und mir vor allem die Haare glätten lassen. Verdammt, warum hab ich auch diese verfluchten Drahtlocken!

Herr Kasimir riss die schwarzen Kulleraugen auf, als ich ihn aus dem Käfig nahm. »Ich bin gerührt, dass du dich meinetwegen so schick gemacht hast.«

Ich ließ ihn in dem Glauben, schlüpfte in meinen

schwarzen Wintermantel, das dunkelste Outdoor-Outfit, das ich besitze, und verfrachtete ihn in die Kapuze. Felix, der in seinem alten Golf unten auf mich wartete, durfte auf gar keinen Fall mitbekommen, dass ich ›mein Meerschweinchen‹ mitgenommen hatte.

Mein Bruder gähnte herzhaft, als ich ins Auto stieg. »Sorry«, sagte er. »Aber Tommy hatte Geburtstag, wir haben die ganze Nacht durchgemacht.« Er fuhr sich müde durch das blonde Haar und ich überlegte, wie er es nur machte, dass er sogar mit schwarzen Rändern unter den Augen blendend aussah, während bei mir alle Verschönerungsarbeiten rein gar nichts brachten. »Kannst du mir mal sagen, warum die Beerdigung vormittags sein muss?«, jammerte er. »Unsere Kundschaft hat ja wohl alle Zeit der Welt.«

»Zeit ist relativ …«, sagte ich.

Felix fasste sich an die Stirn. »Komm mir jetzt nicht mit Einstein, Schwesterchen, mir brummt schon der Schädel!«

Ich schüttelte den Kopf. »So hab ich das auch gar nicht gemeint. Für den Kunden ist Zeit vielleicht bedeutungslos, aber für die Friedhofsverwaltung ist Freitagmittag nun mal Feierabend.«

»Stimmt, heute ist ja Freitag!« Felix ließ den Wagen an. »Danke jedenfalls, dass du mitkommst. Dad sagte, der Sarg stehe schon in der Aussegnungshalle, wir müssen nur noch die Deko herrichten und die Musik vorbereiten.«

»Hast du an die Stehleuchter gedacht?«

Felix wies mit dem Daumen zum Kofferraum. »Ich bin verpennt, nicht dement!«

Ich unterdrückte ein Grinsen. »Entspann dich! Weißt du, wie das heute abläuft?«

Felix nickte. »Ein schräger Typ muss das gewesen sein. Er wollte keinen Pfarrer, nicht mal einen Trauerredner. Nur Musik, die hat er schon vor Jahren eigenhändig auf eine CD gebrannt.«

Ich nickte stumm, obwohl ich mich nicht sehr darüber wunderte, es passte zu Herrn Kasimir.

»Was ist daran schräg?«, meldete der sich auch prompt. »Trauerrede – wer sollte schon etwas über mich sagen. Aber die Musik, die ich ausgewählt habe, ist der Soundtrack meines Lebens.«

»Wahrscheinlich war er nicht religiös«, sagte ich zu Felix und setzte dann ganz in Gedanken hinzu: »Glaubst du eigentlich an was?«

Felix zuckte mit den Schultern. »Stell mir heute früh nicht so komplizierte Fragen.« Dann schüttelte er den Kopf. »Ne, eigentlich glaub ich nur an die Naturgesetze – und selbst die haben wir noch nicht vollständig erforscht.«

Ich weiß wirklich nicht, was mich in diesem Augenblick ritt, aber einem inneren Drang folgend, redete ich weiter. »Das würde aber heißen, dass es vielleicht Dinge gibt, die wir nur noch nicht erklären können.«

Er sah mich stirnrunzelnd an. »Zum Beispiel?«

»Seelenwanderung in einen anderen Körper ...«

»Na klar, Schwesterchen.« Felix lächelte herablassend.

»Nee, im Ernst«, sagte ich. »Zum Beispiel in einen ... in einen Meerschweinchenkörper.« Ich hatte kaum ausgesprochen, da bereute ich mein Mitteilungsbedürfnis schon, denn Felix stöhnte auf.

»Quatsch!«

»Kannst du das Gegenteil beweisen?«

»Kannst du mal für einen Moment den Mund halten? Ich bin müde.«

Okay, ich hielt den Mund und ärgerte mich über meinen Vorstoß, der mir klar vor Augen führte, dass ich die Sache mit Herrn Kasimir definitiv mit mir allein ausmachen musste.

Die Aussegnungshalle war eine neugotische Kapelle mit deckenhohen Buntglasfenstern, deren farbiges Lichtspiel die Trauernden wohl aufmuntern sollte. Felix fuhr den Wagen zum rückwärtigen Eingang, damit wir die Leuchter nicht so weit schleppen mussten.

Der Baden-Baden lag aufgeklappt auf einem Sargwagen an der Stirnseite des hellen Raumes. Davor, tief gebeugt, eine kurzbeinige schwarze Gestalt, die so herzzerreißend schluchzte, dass sie uns kaum wahrnahm.

»Wow!« Felix deutete verstohlen auf ein großes Lilienbukett und rümpfte die Nase. »Das Zeug stinkt ja wie WC-Erfrischer«

Ich schüttelte den Kopf und murmelte: »Das ist Janine.«

»Kennst du die Frau?«, flüsterte er, während wir schon die Kerzen anzündeten.

Ich nickte. »Die Verlobte des Verstorbenen.«

»Die hat mir grade noch gefehlt!«, protestierte Herr Kasimir. »Ist denn sonst keiner da? Hier drin kann ich überhaupt nichts sehen!«

»Die anderen Trauergäste kommen sicher erst noch«, flüsterte ich, weil ich nicht wusste, ob er gerade meine Gedanken empfing. Hilfe! Wo ließ sich hier ein neugieriges Meerschweinchen so verstecken, dass es nicht auffiel?

»Die Feier hat ja auch noch gar nicht angefangen«, sagte Felix in Antwort auf meine Bemerkung. »Wenn du das mit den Blumen allein hinkriegst, kümmere ich mich jetzt um die Musik – hoffe, die haben hier einen funktionierenden CD-Player, sonst müsste ich noch mal zurückfahren.«

Ich war heilfroh, als mein Bruder endlich im Nebenraum verschwand.

Die Floristin hatte ihre Sache gut gemacht. Herr Kasimir hatte sich rein weiße Lilien gewünscht, die sie zu einem ausladenden Gesteck arrangiert hatte. Davor lag ein Kranz mit roten Rosen und Vergissmeinnicht. *Von deiner Verlobten Janine, die dich nie vergessen wird,* stand auf der Kranzschleife, daneben ein großes Bouquet mit Anthurien und Lorbeer. *Ruhe in Frieden! Die Kollegen von der Polizei,* war auf dem breiten schwarzen Satinband zu lesen. Ich drapierte das Liliengesteck mittig vor den Sargwagen, rechts und links davon die beiden anderen Arrangements. Als ich mich vergewissert hatte, dass Janine sich weiter völlig ihrer Trauer hingab, holte ich Herrn Kasimir aus der Kapuze, setzte ihn in das Liliengesteck, und bedeckte ihn mit der schwarzen Trauerschleife. Ohrenbetäubende Musik ließ mich jäh aufspringen. Okay, die Anlage schien jedenfalls zu funktionieren! Felix schaltete sie schnellstens wieder aus. Janine, die wie ich hochgeschreckt war, sah mich überrascht an.

»Du bist ja doch gekommen«, sagte sie gepresst. Ihre rot geweinten Augen suchten den Raum ab. »Und deine Eltern – immer noch die Masern?«

Ich nickte.

»Der Anzug steht ihm so gut«, schluchzte sie. »Ich kenne ihn nur in diesen grässlichen handgestrickten Pullovern. – Und trotzdem war er für mich der Schönste.« Wieder brach sie in Tränen aus.

Ich wusste wirklich nicht, was ich sagen sollte, sie tat

mir so schrecklich leid. Stumm nahm ich sie am Arm und führte sie zu einem Platz in der ersten Sitzreihe. Mochte Herr Kasimir denken, was er wollte, Janine trauerte aufrichtig um ihn. Doch zu meiner großen Überraschung war sie nicht die Einzige. Die Tür zur Aussegnungshalle öffnete sich und eine mollige Frau kam herein. Sie verweilte kurz vor dem Sarg und wandte sich dann um.

»Sind Sie die Verlobte?«, sprach sie Janine mit einem Blick auf die Trauerschleife an.

Janine nickte unglücklich.

»Mein herzliches Beileid!« Die Fremde drückte Janine die Hand. »Mir gehört der Kiosk Ecke Schillerstraße. Herr Kasimir hat über dreißig Jahre bei mir seine Zeitung gekauft. Er war immer hilfsbereit und so höflich. Seit meiner Hüftoperation hab ich die schweren Bündel mit den Remittenden oft kaum noch in den Container wuppen können. Seit er einmal gesehen hatte, wie ich mich geplagt hab, hat er das für mich gemacht. Wir kannten uns zwar kaum, aber ich weiß – er war ein guter Mensch und deshalb bin ich hier.« Damit wischte sie sich über die feuchten Augen und setzte sich hinter Janine.

Inzwischen kamen noch weitere Leute in die Halle, einige trugen einen kleinen Blumenstrauß. Nicht jeder erkannte Janine als vermeintliche Verlobte und nicht jeder wagte sich an den offenen Sarg.

Dad sagt, es gibt Menschen, denen graut davor, einen

Toten zu sehen. Und es gibt andere, denen hilft ein letzter Blick, sich zu verabschieden. Und dann gibt es noch eine dritte, eine unangenehme Sorte von Leuten, die aus purem Voyeurismus in offene Särge gaffen. Ziemlich krank so was!

Nach der Kioskbesitzerin wandte sich ein ergrautes Ehepaar an Janine. Wie ich hören konnte, der Hausmeister mit seiner Frau. Beide sprachen der trauernden Verlobten ihr Mitgefühl aus, während sie ein wahres Loblied auf Herrn Kasimir sangen. »Ohne ihn wird es im Haus bald drunter und drüber gehen«, sagte die Frau weinerlich.

Mit weit offenen Ohren versuchte ich, aus den gedämpften Gesprächen der Leute etwas mehr über Herrn Kasimir herauszufinden. Sein Friseur war gekommen, der ihm über zwanzig Jahre lang die Haare geschnitten hatte und sagte, Herr Kasimir sei immer sehr großzügig mit dem Trinkgeld gewesen und wie bewunderungswürdig er sich um seine Mutter gekümmert hätte. Aber auch Adjektive wie *reserviert, unnahbar, leicht erregbar, schrullig, pessimistisch* schwirrten halblaut durch den Raum. Das alles passte zu meinen Beobachtungen. Trotzdem waren diese Menschen gekommen, um ihm die letzte Ehre zu erweisen. Das fand ich beachtlich. Eine Beerdigung ist ja kein Kirmesbesuch. Jemandem die letzte Ehre zu erweisen, ist definitiv ein Zeichen der Wertschätzung.

»Ach«, hörte ich Herrn Kasimirs Stimme. »Wenn ich

geahnt hätte, dass es tatsächlich Menschen gibt, die mich mochten, hätte ich nachher einen kleinen Umtrunk bestellt. Warum sagen einem die Leute das nicht, solange man noch lebt?«

Offen gestanden machte auch mich das alles sehr nachdenklich. Ich fühlte, wie mir die Tränen hochstiegen. Ich dachte, verdammt, er hätte Freunde haben können und hat es nicht gewusst. Er hat sich so auf die schlechten Seiten der Menschen konzentriert, dass er die guten nicht mehr sehen konnte. Und mit einem Schlag quälte mich eine Frage, die mich seither nicht wieder losgelassen hat: Und wie ist das bei dir, Valentine?

Der dunkle Klang der Totenglocke läutete die Feier bereits ein, als ein hagerer Mann in schwarzem Mantel in die Halle hastete.

»Flatter«, hörte ich Herrn Kasimirs Stimme. »Typisch – natürlich zu spät!«

Ich suchte mir einen Platz etwas abseits und wischte mir die Tränen aus den Augenwinkeln, als Felix sich neben mir niederließ und mich kritisch anblickte.

»Ich hab was im Auge«, sagte ich.

»Wimperntusche!«, flüsterte er mir zu.

Mist! Ich wischte unter der Brille herum.

»Hol besser deine Taschentücher raus!«, sagte Felix leise. »Die Musik, die jetzt kommt, drückt echt auf die Tränendrüse.«

Er hatte recht. Es fing an mit einem Satz aus Mozarts letztem Requiem. *Dies Irae,* was übersetzt so viel heißt wie: *Tage des Zorns.* Ein stockfinsterer Chorgesang, der mir schon deshalb durch und durch ging, weil ich mal gelesen hatte, Mozart hätte das Stück für sich selbst geschrieben. Dann kamen Werke von Mahler und Chopin, beide Großmeister der Depression, die sogar Berufsoptimisten zum Heulen bringen konnten. Olaf hatte mit seiner Presley-CD also voll danebengegriffen.

Mein Blick wanderte durch die Halle. Janine saß da wie ein kranker schwarzer Vogel mit hängenden Flügeln. Die meisten anderen Trauergäste starrten auf den Boden oder hielten die Augen geschlossen. Nur Flatter schien nicht sonderlich bewegt zu sein, ich ertappte ihn bei einem verstohlenen Blick auf sein Handy. Als er bemerkte, dass ich ihn im Visier hatte, steckte er es rasch weg. Ich glaube, in diesem Moment kam mir ein Gedanke, den ich während des letzten Liedes versuchte, zu Ende zu denken – allerdings nicht mit sehr viel Erfolg, wie sich bald zeigen würde.

Als letztes Stück hatte Kasimir ausgesucht: *Knockin' on Heaven's Door.*

»Kennst du das?«, raunte mir Felix zu.

Ich nickte abwesend.

»Hast du den Film gesehen?«

Ich verneinte stumm.

»Ein uralter Western, das Lied spielen sie, als der Sheriff stirbt.«

Der Tod des Sheriffs, das passte. Das Schluchzen der Frauen und das bewegte Räuspern der Männer schwollen mit dem Song noch einmal an. Dann legte sich ergriffenes Schweigen über den Raum.

12. Kapitel

Erst jetzt fiel mir siedeheiß ein, dass ich überhaupt keinen Plan hatte, wie ich Herrn Kasimir unbemerkt von seinem Beobachtungsposten holen konnte. Während ich noch darüber nachgrübelte, kamen schon die Sargträger der Friedhofsverwaltung und alles ging blitzschnell. Ehe ich michs versah, hatten sie den Sarg geschlossen und den Blumenschmuck auf den Deckel gelegt. Ach du Schande! Jetzt hockte Herr Kasimir in einem Lilienbouquet auf seinem eigenen Sarg. Einen Augenblick später schoben sie den Sargwagen bereits zum Ausgang, worauf sich die Trauergäste zu einer kleinen Prozession formierten, an deren Ende Kommissar Flatter ging.

Ich starrte ihnen fassungslos nach, bis Felix aufstand. »Komm, das war's dann für uns.«

»Gleich«, sagte ich und rannte zum Ausgang.

Atemlos holte ich Flatter ein. »Entschuldigung …!«

Der hagere Mann blieb überrascht stehen.

»Sie sind doch ein Kollege von Herrn Kasimir«, platzte ich heraus.

»Sieht man das?«, erkundigte sich Flatter verdutzt. »Und wer bist du?«

»Ich bin Valentine Engel – Bestattungshaus Engel. Also – ich muss Ihnen unbedingt etwas sagen …« Ich stockte. Hilfe – und jetzt? Wie brachte ich ihn dazu, einen Beamten zu der alten Frau Kasmer zu schicken? – Ich hoffte nämlich, dass diese ominöse Julia dann davor zurückschrecken würde, ihren Mordplan doch noch zu Ende zu bringen.

Flatter blickte dem kleinen Zug, der sich zusehends entfernte, ungeduldig nach.

»Es ist so …«, fuhr ich zögernd fort. »Ich war in der Wohnung von Herrn Kasimir, um einen Anzug für die Beerdigung zu holen, und da ist mir aufgefallen, dass auf dem Tisch ein Päckchen lag.« Ich kämpfte darum, das was ich zu sagen hatte, möglichst glaubwürdig und gelassen rüberzubringen, aber das war alles andere als einfach. »Ein Päckchen, das ihm aber nicht gehörte – ich meine, es stand gar nicht seine Adresse drauf. Was ich sagen will: Es wurde falsch zugestellt. Der Verstorbene muss es versehentlich geöffnet haben.«

Flatter hob die Augenbrauen. »Und?«

Ich lief rot an. Der Typ hielt mich für bekloppt, doch jetzt gab es kein Zurück mehr. Meine Stimmbänder zitterten wie Sprungfedern, als ich hastig weiterredete. »Aber es stand *Kasmer* auf der Adresse, nicht *Kasimir* und die Hausnummer stimmte auch nicht. Muss man es nicht dem Besitzer geben?«

»Warum hast du das nicht längst gemacht, wenn es dir so wichtig erscheint?«

»Ich …?«

Ups! Was sollte ich jetzt sagen? Ich schüttelte den Kopf. »Aber ich darf aus der Wohnung eines Verstorbenen doch nichts wegnehmen.«

Flatter lächelte eisig. »Du hättest dem alten Kasimir gefallen, der war auch so ein nervtötender Korinthenkacker.« Er sah die Prozession um die Ecke biegen und fuhr gereizt fort: »Ich hoffe, es waren wenigstens Goldbarren in dem Päckchen oder eine Schusswaffe, eine Handgranate oder sonst etwas, was ein Eingreifen der Polizei legitimieren würde.«

»Nein, etwas anderes«, sagte ich verlegen und kramte mit feuchten Fingern das Handy aus der Jeans. »Hier, ich hab das Päckchen fotografiert. – Es war Pfefferminzkonfekt drin.«

Flatter glotzte mich völlig entgeistert an, ohne die Fotos auch nur eines einzigen Blickes zu würdigen. »Und wegen so einer Banalität stiehlst du mir die Zeit?« Mit einem wütenden Schnauben wandte er sich um und ging in großen Schritten weiter.

»Und was, wenn Herr Kasimir mit dem Konfekt vergiftet wurde?«, rief ich und bereute es sofort.

Flatter blieb wie angewurzelt stehen, dann machte er auf dem Absatz kehrt und steuerte mit dem Grinsen eines Pitbulls auf mich zu. »Jetzt verstehe ich!«, zischte er durch die Zähne. »Ein guter Rat, Fräulein: Schau dir nicht so viele Krimis an! Das ist nicht gut für pubertierende Gehirne! – Verstanden?«

Oh ja, ich hatte verstanden, ich fühlte mich so gedemütigt! Mein Plan war gründlich schiefgegangen. Herr Kasimir hatte recht gehabt. Es war sinnlos, auf die Polizei zu bauen. Wir mussten die Sache mit Frau Kasmer irgendwie allein regeln.

Aber zuvor hatte ich noch ein ganz anderes Problem zu lösen.

Flatter holte den Trauerzug erst am Grab wieder ein. Ich folgte ihm in einigem Abstand und verbarg mich hinter einem efeuüberwucherten Grabmal, über dem ein hinreißend schöner Steinengel weinte.

Herrn Kasimirs Grab war vorschriftsmäßig ausgehoben, die Erde rechts und links säuberlich mit Plastikrasen abgedeckt. Ich warf einen bangen Blick zu dem Minibagger, der schon hinter einer Lorbeerhecke wartete und entdeckte dabei die mächtige schwarze Marmorplatte, die, ganz nach Herrn Kasimirs Wunsch, seine Grabstätte bedecken sollte. Der Steinmetz hatte pünktlich geliefert. Ja, auf das Bestattungshaus Engel war eben Verlass!

Da weder ein Gebet noch ein Segen gesprochen wurde, hielten sich die Träger nicht weiter auf, was wohl auch daran lag, dass ihnen auf diese Weise ein vorzeitiger Feierabend in Aussicht stand. Mit unbewegten Mienen und ohne das Lilienbouquet vom Deckel zu nehmen, ließen sie den Baden-Baden an starken Seilen in die Tiefe.

»Valentine, ich hoffe, du bist da irgendwo?«, hörte ich plötzlich Herrn Kasimirs verzweifelte Stimme. »Du musst mich hier rausholen! Lass dir was einfallen!«

Mann, das wollte ich ja, aber wie sollte ich das verdammt noch mal anstellen?

Im Moment konnte ich nur warten, bis alle weg waren und hoffen, dass das Grab nicht sofort zugeschaufelt wurde.

Als der Sarg mit einem sanften Rumms den Grund erreicht hatte, entfernten sich die Männer schweigend und überließen der Trauergemeinde den letzten Abschiedsgruß, für den ein Häufchen Erde und eine kleine Schaufel bereitstanden.

Den merkwürdigen Brauch, Verstorbene mit Erde zu bewerfen, fand ich schon immer gruslig. Aber Dad sagt, das sei ein uraltes Ritual. Mag ja sein, aber das mit der Erde ist trotzdem Geschmacksache. Ich finde es definitiv schöner, eine Blume ins offene Grab zu werfen. Offenbar teilten einige Trauergäste meine Meinung, denn längst nicht jeder machte von der Schaufel Gebrauch. Janine warf eine langstielige rote Rose auf den Sarg, wobei sie herzzerreißend schluchzte und der Kioskbesitzerin, die neben ihr stand, um den Hals fiel.

Einer nach dem anderen trat noch einmal an das Grab, verweilte in einem Moment des Schweigens und wandte sich dann zum Gehen. Dann kam auch Flatter an die Reihe. Er nahm eine Schaufel voll Erde und warf sie mit Schmackes in die Tiefe. »Asche zu Asche«, sagte er und griff erneut zur Schaufel. »Staub zu Staub!« Mit einem Erde-zu-Erde donnerte er kurz darauf die dritte Ladung auf den Baden-Baden, der jede Schippe mit dem dumpfen Klang einer Bass-Drum erwiderte. Flatter hielt für einen Augenblick inne, drehte sich schließlich mit einem finsteren Nicken um und ging.

Ups, dachte ich, wie ist der denn drauf?

»Idiot!«, hörte ich Herrn Kasimirs Stimme.

Janine putzte sich die rote Nase und ließ sich von ihrer neuen Freundin, die tröstend auf sie einredete, als Letzte vom Grab wegziehen. Ich wartete einen Moment. Als die Luft rein war, rannte ich los.

»Herr Kasimir!«

Aus der schwarzen Trauerschleife lugte eine ebenso schwarze Nase hervor. »Na endlich! Hol mich hier raus! Dieser Barbar hat mich schier erschlagen!«

»Tut mir leid«, sagte ich und sah mich nach einem geeigneten Hilfsmittel um, mit dem ich Herrn Kasimir aus seiner misslichen Lage befreien konnte. Aber ich konnte weit und breit nichts entdecken.

»Warten Sie!« Vorsichtig setzte ich mich auf den Plastikrasen und ließ die Beine ins Grab hinunter. »Versuchen Sie, auf meinen Schuh zu klettern!«

Herr Kasimir stellte sich auf die Hinterpfoten und versuchte verzweifelt einen Fuß zu erreichen, aber daran war gar nicht zu denken. Also rutschte ich mit dem Hintern weiter nach unten, während sich meine Hände in den stachligen Plastikrasen klammerten – was rückblickend gesehen natürlich total bescheuert war. Und so kam, was kommen musste: Die Grasmatte fing an zu rutschen. Gefolgt von einem Berg Erde landete ich mit einem dumpfen Knall auf dem Sargdeckel.

Mit einem entsetzten Pfiff rettete sich Herr Kasimir aufs Fußende. »Herzlich willkommen«, fauchte er mich an.

»Scheiße!«, schrie ich und starrte fassungslos nach oben, von wo unablässig kleine Kaskaden von Erde zu uns hinunterrieselten. »Verdammte Scheiße!«

»Hör auf zu fluchen!«, sagte Herr Kasimir. »Versuch lieber hochzuklettern!«

Hochklettern. Super Idee! – Wenn das so einfach gewesen wäre! Ein Normgrab ist ungefähr zwei Meter tief, ein Sarg sechzig bis siebzig Zentimeter hoch, der Baden-Baden eher Richtung siebzig. Fehlten also immer noch ein Meter und dreißig. Ich bin zwar kein Zwerg für mein Alter, aber ich steckte buchstäblich bis zum Hals in diesem elenden Loch. Abgesehen davon – selbst wenn ich es schaffte, allein wieder rauszuklettern, meine Klamotten waren schon jetzt total versaut. Der Mantel hatte auf der Rückseite braune Schleifspuren, die sich nicht abklopfen ließen und mich in Erklärungsnot bringen dürften. Mann, was sollte ich Felix erzählen? Mit einer Stinkwut im Bauch streckte ich die Arme nach oben, und versuchte, mich irgendwie hochzuziehen.

»Vergiss mich gefälligst nicht!«, meldete sich Herr Kasimir, das heftige Zucken seiner Barthaare verriet, wie erregt er war.

Also verfrachtete ich ihn wieder in die Kapuze und versuchte es erneut. Aber es wurde einfach nichts! Unter dem Gewicht meines Körpers bröckelte die Erde nur so weg. Ich schlug die Schuhspitzen in die lehmbraune Wand und haute mir dabei dermaßen die Zehen an, dass ich aufjaulte und wieder auf den Sargdeckel zurücksank.

»Was wird das eigentlich?«, kommentierte Herr Kasimir meinen Schmerzensschrei. »Jeder Mehlsack ist gelenkiger als du!«

»Sie …«, zischte ich, dachte den Satz aber nur zu Ende … können mich mal!

Trotzdem hatte Herr Kasimir den Rest mitgekriegt. »Unverschämtheiten bringen uns auch nicht weiter. Wir werden wohl auf deinen Bruder warten müssen. Du musst den Spott, der dir sicher ist, eben aushalten.«

Ich hätte platzen können. Verbissen stemmte ich mich wieder hoch und unternahm einen neuen Anlauf.

»He, Schwesterchen? Was machst du denn da unten?« Ich hob den Kopf und blickte auf Felix' schwarze Beerdigungsschuhe. Mein Bruder sah mich völlig entgeistert an.

Ich verdrehte die Augen.

»Bist du da etwa reingefallen?« Er grinste wie ein Honigkuchenpferd – ich hätte ihn erwürgen können.

»Nein, ich bin absichtlich reingesprungen!«, brüllte ich und streckte die Arme aus. »Hilf mir lieber raus!«

Mit einem breiten Lächeln reichte er mir die Hand und half mir, mein unliebsames Gefängnis zu verlassen, wobei ihm das blöde Grinsen verging, denn er kam dabei ganz schön ins Schwitzen. »Danke«, keuchte ich und verwünschte meine überflüssigen Kilos, als er sich endlich stöhnend auf den Kunstrasen sinken ließ. Auf der Peinlichkeitsskala hatte ich mit dieser Nummer die volle Punktzahl erreicht. Ich wuschelte mit den Fingern die Erdbrösel aus den Haaren und betrachtete unglücklich meinen Mantel, der aussah, als wäre ich durch einen Kartoffelacker gerobbt. »Sch…! Der ist hin!«

Felix nickte. »Sieht ganz so aus. Hast Glück gehabt,

dass du dir nichts gebrochen hast. – Wie ist das überhaupt passiert?«

»Ich will nicht darüber reden!«, presste ich hervor, wandte mich ohne weitere Erklärungen um und stapfte Richtung Kapelle zurück.

Felix rappelte sich hoch und folgte mir, leise vor sich hin glucksend. »Dad wird sicher begeistert sein, dass du die Grabkontrolle so gewissenhaft durchgeführt hast.«

»Lass mich in Ruh!«, fauchte ich.

Sein Spott reizte mich bis aufs Blut, aber er war noch nicht fertig. »Zieh bloß den Mantel aus, wenn du in mein Auto steigst. Sonst kann ich nachher Salat auf den Sitz säen.«

»Idiot! Dann fahr doch allein!«, brüllte ich, wirbelte herum und rannte die nächstbeste Gräbergasse hinunter.

»Was ist denn in dich gefahren?«, hörte ich plötzlich Herrn Kasimirs Stimme.

»Scheiße!«, keuchte ich und blieb atemlos stehen. Offen gestanden wusste ich selbst nicht so genau, warum ich so heftig reagiert hatte.

»Meine Beerdigung hat dir anscheinend ganz schön zu schaffen gemacht«, sagte Herr Kasimir. Er hielt einen Augenblick inne. »Mir, wie du dir sicher denken kannst, auch.«

Ohne dass mir das damals bewusst war, hatte Herr Kasimir damit ins Schwarze getroffen. Meine Beobachtungen auf der Beerdigung machten mir mehr zu schaffen, als ich zugeben wollte, und das Fiasko mit Flatter und mein Absturz hatten meine Gefühlslage auch nicht gerade verbessert.

Mit Tränen in den Augen befreite ich ihn aus dem Kapuzengefängnis.

»Tief durchatmen!«, sagte Herr Kasimir und sah sich um. »Und da wir schon mal hier sind, hätte ich noch eine Bitte …«

Ich wischte mir über die Augen. »Und?«

»Mutters Grab liegt da vorne – gleich rechts. Sie wird nicht begeistert von der Verwandlung ihres einzigen Sohns sein, aber irgendwann muss sie es ja wohl erfahren.«

Ich sah ihn verblüfft an. »Sie ist tot, glauben Sie denn, dass sie noch etwas mitbekommt?«

»Glaubst du, dass sich Kommissare in Meerschweinchen verwandeln können?«

»Äh …«, stammelte ich. Dann zuckte ich hilflos mit den Schultern und kam seinem Wunsch nach.

Das Grab lag zu Füßen eines mächtigen Ahorns, dessen rote Herbstblätter in der Sonne glühten.

»Schlamperei!«, sagte Herr Kasimir. »Erst letzte Woche habe ich tonnenweise Laub entfernt. Verdammt noch mal, das ist wirklich Aufgabe der Gärtnerei! Bei dem Preis, den die verlangen, könnten die sich wirklich mehr anstrengen!«

»Aber es ist hübsch angelegt«, wandte ich ein und dachte an die karge Platte, die bald Herrn Kasimirs eigenes Grab bedecken würde.

»Das war ich Mama schuldig«, sagte er. »Hoffe, dass das noch eine Weile so bleibt – ich habe testamentarisch festgelegt, dass die Grabpflege so lange bezahlt wird, bis mein bescheidenes Vermögen aufgebraucht ist. Hoffe, man wird diesen Wunsch respektieren.«

Ich las die goldene Inschrift auf dem weißen Marmorgrabstein: *Nur Mutterliebe ist die wahre, sie hält die Treue bis zur Bahre.* Ich hüstelte. Herr Kasimir schien, wie so oft in den unpassendsten Momenten, meine Gedanken zu lesen.

»Das ist nicht kitschig, das sagte Mutter immer«, bemerkte er verstimmt, und ich erinnerte mich, den Spruch auf einem Stickbild in seiner Wohnung gesehen zu haben.

»Die Blätter müssen weg«, sagte er. »Mutter hasste es, wenn was rumlag. Lass mich runter und erledige du das für mich – aber trample mir bloß nicht auf der Bepflanzung rum!«

Ich setzte ihn auf die Eingrenzung, ging in die Hocke und begann unwillig mit der Arbeit. Herr Kasimir saß unterdessen völlig versunken da und starrte auf den Grabstein.

Als ich mich endlich mit einem »Fertig!« hochstemmte, zuckte er zusammen und blickte mich abwesend an.

»Ich bin fertig!«, wiederholte ich.

Seine schwarzen Knopfaugen schweiften über das Grab. »Du hast die Hälfte liegen lassen.«

Die »Hälfte« waren genau drei Blätter, die sich in einem Chrysanthemenbusch versteckt hatten. Er ist wirklich ein Korinthenkacker, dachte ich, während ich mich lang streckte, um an sie ranzukommen.

»Ich bin kein Korinthenkacker, sondern genau! Sei nicht unverschämt, was soll Mama von dir denken?«

»Ihre Mutter?«

»Ich hab ihr von dir erzählt.«

Ich runzelte die Stirn. »Erzählt? Ich hab nichts gehört.«

»Was ich mit Mama rede, geht dich schließlich auch nichts an.«

»Können Sie wirklich mit Ihrer toten Mutter kommunizieren?«

Er sah mich mit einem Blick an, der mir bewusst machte, wie absurd meine Frage angesichts unserer eigenen Kommunikation war.

Ich schluckte. »Und was sagt Ihre Mutter zu Ihrer, äh … – Verwandlung?«

»Ich kann nicht behaupten, dass sie erfreut war«, sagte

Herr Kasimir. »Das hatte ich allerdings auch nicht erwartet. Zum Glück ist Mama pragmatisch, sie hat sich schon immer ohne großes Lamento mit dem Unabänderlichen abgefunden. Sie hat übrigens eine Nachricht für dich …«

Er zögerte, während ich ihn erwartungsvoll ansah.

»Nun, sie meinte, dass du nun gewissermaßen ihre Rolle übernommen hast, und dass du gut auf mich achten sollst.« Herr Kasimir sah peinlich berührt weg. »Und du sollst den Käfig mindestens zweimal die Woche mit Essigreiniger auswaschen – vor allem hinter dem Häuschen.«

»Oh«, sagte ich und wandte mich dem Grabstein zu. »Das mach ich, Frau Kasimir. Sie können sich auf mich verlassen!«

»Gut.« Herr Kasimir drehte sich um. »Lass uns gehen. Wir haben noch volles Programm und wie es aussieht, müssen wir den Bus nehmen.«

Das *volle Programm*, das Herr Kasimir ansprach, bezog sich auf den Plan, den er ausgeheckt hatte, um mehr über Frau Kasmers Enkelin zu erfahren. Und er hatte recht: Die Zeit drängte!

Glücklicherweise mussten wir dann doch nicht den Bus nehmen. Als ich aus dem Friedhofstor trat, ließ mich ein Hupen zusammenfahren. Felix hatte auf der Straße auf mich gewartet. Ich zog stumm den Mantel aus – Herr

Kasimir saß bereits in der Kapuze, damit ihn andere Friedhofsbesucher nicht entdeckten – und setzte mich auf den Beifahrersitz.

»Sorry, kleine Schwester«, sagte Felix. »Ich wollte dich nicht nerven. Aber wenn du wirklich ins Geschäft einsteigen willst, solltest du dir ein dickeres Fell aneignen. Du wirst mehr Beerdigungen erleben als Dienstage.«

Ich antwortete mit einem schiefen Lächeln.

13. KAPITEL 

Wieder zu Hause, verschwand ich zuerst im Bad und steckte den Mantel in die Waschmaschine.

»Wolle«, sagte Herr Kasimir in einem Ton, der mich schier zur Weißglut brachte, »das wird nichts.« Seine Besserwisserei ging mir allmählich auf den Keks. Dass er recht behalten sollte, erfuhr ich erst einen Tag später. – Die Ereignisse an diesem Freitag sollten sich noch so überstürzen, dass der Ärger über meinen ruinierten Mantel völlig in den Hintergrund trat.

Aber zuerst hatte ich noch ein Versprechen einzulösen. Mit den üblichen Reinigungsutensilien UND dem gewünschten Essigreiniger bewaffnet, machte ich mich über Herrn Kasimirs Käfig her.

Ihm war es sichtlich unangenehm, als ich, bewaffnet mit einer kleinen Schaufel, seine Hinterlassenschaften entfernte.

»Was haben Sie denn«, sagte ich, als er sich verschämt abwendete, »das hab ich schon tausendmal gemacht.«

»Du hast leicht reden. Stell dir vor, jemand würde dir den Hintern abwischen! Dann weißt du, wie ich mich gerade fühle.«

Mit knallrotem Kopf beeilte ich mich, die Prozedur schnell hinter uns zu bringen.

Nach dem Mittagessen radelte ich zum Supermarkt und erstand von meinem letzten Taschengeld genau die gleiche Konfektdose, die Herrn Kasimir zum Verhängnis geworden war. Dann weiter zum Tierheim, wo man, wie schon beim letzten Mal wieder nachbohrte, wann Marlowe denn nun endlich bei uns einziehen könnte – mir gingen langsam die Ausreden aus. Der große Hund empfing mich heute schon wie eine alte Freundin und wedelte erfreut mit dem Schwanz, als ich Herrn Kasimir, auf dessen ausdrücklichen Wunsch hin, wieder zwischen seine Nackenfalten setzte. Herr Kasimir schien sich in seinem neuen Körper inzwischen sicherer zu fühlen. Nicht nur auf Marlowes breitem Rücken, auch auf meiner Schulter gelang es ihm nun schon viel besser, die Balance zu halten.

Obwohl ich mein altes Fahrrad liebe, verfluchte ich allmählich, dass es keine vernünftige Gangschaltung besaß. Marlowe trabte unverdrossen neben mir her, während ich bei jeder kleinen Steigung wie ein Walross schnaufte. Gut, ich weiß, ich sollte mehr Sport treiben, aber ich bin nicht so der sportliche Typ. Ich hab es schon in der Grundschule gehasst, sinnfrei durch Turnhallen gehetzt zu werden. Wenn die Evolution gewollt hätte, dass wir schwitzen, warum hat sie dann ausgerechnet unsere Spezies das Auto erfinden lassen? Außerdem verabscheue ich stinkende Umkleideräume – und sie stinken immer! Aber Tatsache ist auch: Ich komm ziemlich schnell aus der Puste. Und so nervte es mich total an, als ich plötzlich zu hören bekam: »Langsamer geht's wohl nicht? Wir sind schon spät dran für einen Kaffeebesuch!«

Ich presste die Lippen zusammen.

»Du hast Muskeln wie ein Wattebausch«, nörgelte Herr Kasimir weiter, »sonst hättest du dich heute Morgen locker selbst aus dem Grab stemmen können.«

Mann, ich platzte fast! »Seien Sie bloß still!«

Davon unbeeindruckt fuhr Kilian Kasimir in seinem besten Oberlehrerton fort: »Da meinem mickrigen Körper Grenzen gesetzt sind, wäre es hilfreich, wenn wenigstens meine Assistentin ein bisschen mehr Mumm hätte. – Abgesehen davon, täte etwas Sport deiner Figur auch ganz gut.«

Okay, das hatte gesessen! Ich stoppte abrupt. Marlowe bremste und sah ebenso überrascht zu mir hoch wie der kleine schwarze Nager auf seinem Rücken.

»Erstens: Als herzkranker Kettenraucher brauchen Sie mir nichts über Sport zu erzählen! Und zweitens: Meckern Sie nicht dauernd an mir rum!«, sagte ich. »Sonst bring ich Sie auf der Stelle ins Tierheim oder verschenke Sie an ein Labor!«

Ich funkelte ihn wütend an. Herr Kasimir sackte wie ein Häufchen Elend in Marlowes Fell. Mein Ausbruch hatte ihm anscheinend wieder mal jäh vor Augen geführt, wie abhängig er von mir war. Und schon tat er mir wieder leid.

»Hören Sie!« Ich verdrehte genervt die Augen. »Belehren Sie mich nicht ständig! – Und das mit dem Labor würde ich natürlich nie tun.« Damit stieg ich wieder aufs Rad. Den Rest des Weges schwiegen wir.

Vor dem Haus Humboldtstraße 88 stand neben dem Sportwagen von neulich ein blauer Kleinwagen. »Das wird Julias Auto sein«, sagte ich und stieg nervös ab. Ich stellte das Rad neben das Gartentor, schnappte mir die Konfektdose und klingelte.

Irgendwo hinterm Haus hörte ich das typische Kratzgeräusch eines Laubrechens. Es dauerte eine Weile, bis der Summer ertönte. Ich nahm Marlowe enger an die Leine und ging über den gepflasterten Weg auf das Haus zu.

Einen Augenblick später öffnete sich die Tür und ich stand einer rothaarigen jungen Frau gegenüber, deren helle Augen aufleuchteten, als sie Marlowe und seinen kleinen Reiter entdeckte.

»Wow«, rief sie. »Die zwei sind ja cool!« Dann hob sie den Kopf und sah mich fragend an.

Ich hielt ihr demonstrativ die Dose entgegen. »Ich möchte Frau Kasmer zum Geburtstag gratulieren.«

Über das Gesicht der Rothaarigen flog Überraschung. Aber Erschrecken? Fehlanzeige! Die Dose schien ihr rein gar nichts zu sagen.

»Da wird sich Omi freuen, komm rein!«

Frau Kasmer saß mit einer anderen alten Dame, die sie mir als eine gute Freundin vorstellte, im Wohnzimmer. Sie freute sich tatsächlich über meinen überraschenden Besuch.

»Pfefferminzkonfekt«, sagte sie, als ich ihr die Dose überreichte. »Dass du dir meine Schwäche für Pfefferminz gemerkt hast, ist ja wirklich zauberhaft! – Und wie schön, dass du deine beiden vierbeinigen Freunde mitgebracht hast! Sieh mal, Hildegard«, wandte sie sich an ihren Besuch. »Ist es nicht rührend, wie die zwei sich vertragen? Und das Meerschweinchen ist ganz zahm.«

Hildegard betrachtete Kasimir entzückt. »Lässt es sich streicheln?«

»NEIN!«, protestierte Herr Kasimir.

»Klar!«, sagte ich und setzte ihn auf ihren Schoß. Frau Kasmer wandte sich an ihre Enkelin. »Julia, geh bitte in die Küche und sag Elwira, wir brauchen noch ein Gedeck. – Du isst doch sicher ein Stück Kuchen mit?«, fragte sie mich.

Ich nickte.

»Und sag Elwira, sie soll auch Heiko ein Stück rausbringen«, rief ihr Frau Kasmer nach.

»Bist du mit diesem Heiko eigentlich zufrieden?«, erkundigte sich Hildegard, während sie Herrn Kasimir hinter den Ohren kraulte. »Ich könnte in meinem Garten auch Hilfe gebrauchen, ich will nicht immer meine Kinder fragen.«

Frau Kasmer nickte. »Keine Klagen, er ist fleißig und hat die Kraft eines Hünen. Er ist zwar ein komischer Kauz und ich frage mich, woher er das Geld für seinen teuren Sportwagen hat, aber vielleicht hat er ja geerbt.«

Ihre knochigen Finger strichen über die Konfektdose. »Hübsch ist die«, sagte sie zu mir. »Es ist doch nicht unhöflich, sie gleich aufzumachen?«

Ich schüttelte den Kopf. »Nein, gar nicht!«

»Hmm, die duften ja verführerisch!«, sagte die alte Dame und bot ihrer Freundin und mir eine Praline an, während sie sich schon selbst eine in den Mund steckte.

»Willst du auch eine?«, fragte sie Julia, die eben mit einer Schale Wasser für Marlowe hereingekommen war.

Julia schüttelte den Kopf. »Danke, Omi, aber du weißt doch, dass ich momentan keine Süßigkeiten esse.«

Frau Kasmer hob die Augenbrauen. »Eine zur Feier meines Geburtstags.«

Seufzend nahm Julia eine Praline und schob sie in den Mund. »Omi hat immer Angscht, isch werd magerschüchtig«, sagte sie mit vollem Mund.

»Fehlanzeige!«, hörte ich Herrn Kasimirs frustrierte Stimme. Er harrte noch immer in Duldungsstarre auf Hildegards Schoß aus – einzig seine Barthaare zuckten nervös. »Auch diese Spur bringt uns offensichtlich nicht voran. Verdammt, ein Königreich für eine Tasse Kaffee! Meine Gehirnzellen brauchen Koffein!«

»Ähm …«, setzte ich an, unsicher, ob ich es riskieren sollte, für verrückt gehalten zu werden. »Kann Herr Kasimir vielleicht auch etwas haben?«

»Wer?«, erkundigte sich Julia.

»Das Meerschweinchen heißt so«, antwortete ihre Großmutter.

Julia sprang auf. »Oh, tut mir leid, an den Kleinen hab ich gar nicht gedacht. Klar, ich hol ein bisschen Wasser für ihn – oder besser eine Karotte?«

Ich schüttelte den Kopf. »Ich dachte eigentlich an Kaffee.«

Die kleine Geburtstagsgesellschaft sah mich überrascht an.

Ich lächelte schief. »Herr Kasimir ist total scharf auf Kaffee, fragen Sie mich bitte nicht wieso.«

Hildegard lachte. »Jedem Tierchen sein Pläsierchen. Im Streichelzoo hier im Tierpark gab es vor Jahren eine nikotinsüchtige Zwergziege. Die hat mit Vorliebe die Zigarettenstummel von den Wegen gefressen.«

Julia runzelte die Stirn. »Die Ziege muss ein zähes Vieh gewesen sein.«

»Alt ist sie, fürchte ich, nicht geworden«, sagte die alte Dame mit einem bedauernden Lächeln.

Ich nickte. »Nikotin ist definitiv gefährlicher als Kaffee.«

»Von mir aus gib ihm einen kleinen Schluck.« Damit goss Frau Kasmer etwas in ihre Untertasse.

»Danke!«, stöhnte Herr Kasimir, als ich ihn von Hildegards Schoß pflückte und neben Marlowe auf den Boden setzte, wo er wie ein Verdurstender über die Kaffeepfütze herfiel. Alle sahen ihm belustigt zu, als eine kräftig gebaute Blondine mit einem Tablett eintrat.

Marlowe stemmte sich hoch und beäugte die Frau interessiert.

»Er tut nichts«, sagte ich, weil ich in ihrem Gesicht das blanke Entsetzen las.

»Danke, Elwira.« Frau Kasmer nickte freundlich, als ihre Haushälterin mit zitternden Händen das Tablett abstellte, während sie sichtlich erschrocken auf die offene Konfektdose starrte.

»Möchten Sie eine?«, fragte Frau Kasmer.

Aus Elwiras Gesicht war schlagartig alle Farbe gewichen. »Wo … wo haben Sie die Dose her?«

»Die hat mein Überraschungsgast mitgebracht«, sagte Frau Kasmer und lächelte mir zu. »Pfefferminzkonfekt, wirklich lecker!« Sie schob die Dose zu Elwira hin.

Die Blonde schüttelte stumm den Kopf. Frau Kasmer sah sie besorgt an. »Haben Sie etwa wirklich Angst vor dem Hund? Das brauchen Sie nicht, er ist gutmütig wie ein Kalb. Sehen Sie, nicht mal das Meerschweinchen fürchtet sich vor ihm.« Amüsiert zeigte sie auf Herrn Kasimir, der seinen Kaffeegenuss unterbrochen hatte und wie versteinert zu der Haushälterin hochblickte. »Setzen Sie sich ein bisschen zu uns, Elwira, und essen Sie ein Stück Kuchen mit!«

»Platz«, sagte ich. Marlowe legte sich sofort wieder hin. Ich klopfte ihm den Rücken. »Er ist sehr gut erzogen und gehorcht aufs Wort.«

Während sich die Blonde zögernd neben Hildegard niederließ, richtete sich Herr Kasimir urplötzlich auf und pfiff. Er pfiff wie Meerschweinchen eben pfeifen, nur viel lauter und alarmierender als sonst. Alle sahen ihn verdutzt an.

»Sie war's!« Seine Stimme in meinem Kopf überschlug sich schier. »Sag irgendwas, was sie aus der Fassung bringt! Jetzt heißt es, dranzubleiben!«

Frau Kasmer schüttelte den Kopf. »Der Kaffee hat den

Kleinen ja völlig aufgekratzt! Ich fürchte, Koffein ist doch nicht ganz das Richtige für Meerschweinchen.«

Ich zuckte mit den Schultern. Während die allgemeine Aufmerksamkeit Herrn Kasimir galt und Julia ihn auf den Schoß nahm, damit er nicht noch mehr Kaffee erwischte, raunte ich, einer plötzlichen Eingebung folgend, in Richtung der noch immer bleichen Elwira: »Dachten Sie etwa, die Dose sei mit der Post gekommen?«

Meine unerwartete Bemerkung ließ Elwira erstarren wie ein Karnickel im Scheinwerferlicht. Einen Augenblick später verengten sich ihre Augen zu schmalen Schlitzen. Herrn Kasimirs Barthaare zuckten so heftig, als hätte er die kleine Nase in eine Steckdose gesteckt. »Irgendwie kommt mir die Frau bekannt vor – wenn ich doch bloß wüsste woher!«, teilte er mir erregt mit. »Mach ein Foto von ihr! Jetzt sofort, ich fürchte, sie riecht schon Lunte.«

Ohne lange zu überlegen, zog ich mein Handy aus der Jeans. »Ich darf doch ein Geburtstagsfoto machen?« Frau Kasmer nickte. »Aber gern!«

Julia legte sogleich den Arm um ihre Großmutter und ich knipste ein unverdächtiges Foto von den beiden. Als ich die Kamera dann aufs Sofa richtete, sprang die Haushälterin wie von der Tarantel gestochen hoch. »Ich hab noch zu tun, die Bügelwäsche wartet!«

»Das hat doch Zeit!«, sagte Frau Kasmer. »Sie gehören schließlich zur Familie!«

Elwira strich sich fahrig das Haar zurück. »Ich bin aber nicht ordentlich frisiert.«

Während dieses kurzen Wortwechsels gelang es mir, einige Bilder von den beiden Frauen gegenüber zu machen. Während Hildegards runzliges Gesicht in einem freundlichen Kameralächeln erstrahlte, wandte Elwira nervös den Kopf ab. Als ich das Handy sinken ließ, presste sie um Beherrschung ringend ihren kleinen Mund zusammen. Dann streckte sie mit einem sardonischen Lächeln die Hand aus und sagte mit honigsüßer Stimme: »Und jetzt mach ich ein Foto, wo auch du mit drauf bist.«

Frau Kasmer nickte erfreut. »Gute Idee, Elwira!«

Ich war da anderer Meinung. In dem Gesicht der Blonden lag etwas, das mir zur Vorsicht riet. Irgendetwas führte sie im Schilde. Ich konnte ihre technischen Fähigkeiten zwar nicht einschätzen, aber am Ende schaffte sie es vielleicht, die Fotos zu löschen. Und wenn nicht, konnte sie das Handy immer noch in eine Kaffeetasse fallen lassen.

»Sorry, aber ich geb mein Smartphone nie aus der Hand«, sagte ich hektisch, »ist so ein Tick von mir.«

Frau Kasmer sah mich überrascht an. »Schade – aber wir haben ja alle so unsere Eigenheiten.«

Julia winkte ab. »Macht nichts, dann hol ich schnell meines.«

Elwira starrte mich an wie eine hungrige Kröte, die

einer Fliege auflauert. Ich lief knallrot an. Von Sekunde zu Sekunde fühlte ich mich unwohler. Wenn Herr Kasimir recht behielt, hatte ich es jetzt wirklich mit einer Mörderin zu tun, und die stämmige Haushälterin sah nicht so aus, als würde sie sich von einem Teenager die Tour vermasseln lassen. Mit einem Blick, der mich frösteln ließ, wandte sie sich um und rauschte wortlos aus dem Wohnzimmer.

Nachdem Julia noch ein paar Fotos von ihrer Großmutter und mir geschossen hatte, tauschten wir die E-Mail-Adressen und schickten uns die Aufnahmen gleich gegenseitig zu, während die beiden alten Damen uns bewundernd zusahen und sich über die Errungenschaften der Technik unterhielten.

»Ups!«, sagte ich, als ich danach den Kopf hob und aus dem Fenster sah. »Es wird schon dunkel, ich glaub, ich sollte jetzt los.«

Frau Kasmer nickte verständnisvoll. »Ja, die Tage werden jetzt rapide kürzer. Danke für deinen Besuch. Und komm bald mal wieder, falls du eine alte Frau nicht zu langweilig findest.«

Ich schüttelte den Kopf. »Überhaupt nicht! Wann passt es Ihnen denn?«

Und dann sagte Frau Kasmer etwas, das mir schlagartig DIE entscheidende Frage beantwortete, die ich mir schon stellte, seit Kasimir gepfiffen hatte. Sie sagte nämlich: »Eigentlich passt es mir immer, nur kommenden Montag nicht. Da haben Julia und ich einen Termin bei einem Rechtsanwalt. Jetzt wo sie in Deutschland bleibt, will ich die Bankvollmachten und auch alle anderen Befugnisse von Elwira auf sie umschreiben lassen.«

Hildegard horchte auf. »Das ist vernünftig. Elwira mag zuverlässig sein, aber Blut ist und bleibt nun mal dicker als Wasser.«

Frau Kasmer strich ihrer Enkelin zärtlich über den Arm. »So denke ich auch!«

Ich bemühte mich, meine Erregung zu verbergen. Die Haushälterin hatte demnach momentan noch alle Vollmachten. Hundertprozentig hatte sie die auch genutzt – und sicher nicht zum Vorteil der alten Frau Kasmer. Das Zeitfenster, das Elwira blieb, wurde enger. Die Frage nach dem Motiv war damit schlüssig beantwortet.

14. KAPITEL

Als sich die Haustür hinter uns schloss, sah ich, wie sich im ersten Stock eine Gardine bewegte. »Sie beobachtet uns«, raunte ich Herrn Kasimir zu, der jetzt wieder auf meiner Schulter saß.

»Du hast sie schwer verunsichert«, antwortete er. »Sie ahnt, dass du etwas weißt.«

»Ich hab gar kein gutes Gefühl«, sagte ich noch, als ich aus dem Gartentor trat. Nur einen Schritt weiter sollte sich meine unheilvolle Vorahnung bestätigen: Beide Reifen meines alten Drahtesels waren platt!

»Bockmist!«, stieß ich aus. Ich hatte nicht mal eine Luftpumpe mit, die hatte ein Dieb irgendwann mal attraktiver gefunden als das alte Fahrrad. Aber eine Pumpe hätte mir ohnehin nichts genützt. Als ich den Schaden nämlich näher begutachtete, sah ich, dass die Schläuche mit einem Messer durchlöchert worden waren. Nicht mal an Flicken war da noch zu denken.

»Da will dir jemand etwas mitteilen«, stellte Herr Kasimir fest. »Wenn du mich fragst, ist das so gut wie ein Schuldeingeständnis.«

»Nur, dass uns das aus bekannten Gründen überhaupt nichts nützt!«, sagte ich bitter.

Einen Augenblick lang dachte ich daran, Dad anzurufen. Aber wie sollte ich ihm meinen Besuch in der Humboldtstraße erklären? Es gibt Momente, da hofft man aus einem schlechten Traum zu erwachen. Dieser Moment war so einer, und wenn ich gewusst hätte, dass der Anschlag auf mein Fahrrad nur der Vorspann zu dem Horrorfilm war, der mir noch bevorstand … Ich weiß nicht, was ich dann gemacht hätte.

Vor mich hin stöhnend nahm ich Marlowe die Leine ab, um die Hände für den Lenker frei zu haben. Jetzt musste ich den ganzen langen Weg schieben. Und es war schon so verflucht düster! Ich überlegte noch, ob es nicht klüger war, den Park zu umgehen, aber das hätte einen gewaltigen Umweg bedeutet und so schlug ich missmutig den Weg ein, den wir gekommen waren.

»Detektivarbeit ist nichts für Weicheier«, kommentierte Herr Kasimir mein Unbehagen. »Was mich angeht – ich bin froh, dass wir endlich auf der richtigen Spur sind. Wir werden sie überführen, auch wenn ich momentan noch nicht weiß, wie.«

Auch unangeleint hielt sich Marlowe eng an mich, und

widerstand allen Versuchungen, vielversprechende Duftmarken zu inspizieren, anders als der fette Dackel, der erwartungsvoll auf ihn zutrabte, um ihn zu beschnuppern.

»Wasti, Fuß«, rief eine hysterische Stimme, die zu einer nicht weniger beleibten Frau gehörte, die mit der Leine wedelte. Aber Marlowe zeigte ohnehin nicht das geringste Interesse an dem kurzbeinigen Artgenossen. Nachdem die Dicke mit ihrem Liebling eilig das Weite gesucht hatte, schien der Park wie ausgestorben.

Ich quälte mich schwer damit ab, das Rad auf den Felgen vorwärtszubringen – dem Erfinder des Luftreifen sollte ein Denkmal gesetzt werden. Trotzdem fuhren meine Gedanken Achterbahn. »Was meinen Sie?«, fragte ich Herrn Kasimir. »Ist diese Elwira auf das Erbe aus?«

»Ich fürchte, dass es kein großes Erbe mehr geben wird. Ich bin fast sicher, dass sie die Konten längst geplündert hat«, antwortete er nüchtern. »Das ist eine uralte Masche. Man sucht sich einen alleinstehenden hilfsbedürftigen alten Menschen und erschleicht sich sein Vertrauen, bis man alle Vollmachten hat, Bankvollmachten eingeschlossen.«

»So was kotzt mich echt an«, sagte ich.

Ich hatte schon öfter gehört, dass alte Menschen leichte Beute für Betrüger waren. Sogar Oma Engel, die von Natur aus misstrauisch ist, war im letzten Jahr einem Telefontrick aufgesessen und hatte plötzlich drei Zeitschriften-Abos an der Backe, ohne dass sie recht wusste, wie sie dazu gekommen war – darunter ausgerechnet eine Sportzeitung und ein Männermagazin. Ich dachte an die hilflose Frau Kasmer in ihrem Rollstuhl und kriegte Gänsehaut.

»Aber Mord«, rief ich entsetzt aus. »Warum denn gleich Mord?«

»Offensichtlich erschien dieser Elwira Mord als die einzige Möglichkeit, ihre Machenschaften zu verschleiern. – Was ich persönlich für ein Armutszeugnis halte, denn es zeugt meines Erachtens nicht von großer Intelligenz. Mord kann niemals die Ultima Ratio sein. – Tatsache ist aber auch: Wenn eine alte herzkranke Frau stirbt, denkt keiner an Mord. Wenn stimmt, was ich vermute, dass Elwira Frau Kasmer nämlich um ihr Geld gebracht hat, würde die alte Dame unweigerlich davon erfahren, sobald Julia sich die echten Kontoauszüge ansieht, denn die hat Frau Kasmer sicher schon lange nicht mehr zu Gesicht bekommen.«

Das leuchtete mir ein. »Sie meinen, sie hat Geld abgezweigt und Frau Kasmer gefälschte Bankunterlagen gezeigt.«

»Genau.«

»Aber wozu dann der Umweg über das Päckchen? Als Haushälterin hätte sie doch tausend andere Möglichkeiten gehabt.«

»Ganz einfach, um in dem unwahrscheinlichen Fall einer Entdeckung den Verdacht von sich wegzulenken.«

»Aber selbst wenn der Mord nicht entdeckt worden wäre, die Erben hätten ja doch früher oder später von dem Betrug erfahren.«

»Warum Betrug? Wenn die alte Frau tot ist, kann Elwira sich auf ihre Vollmachten berufen und sagen, Frau Kasmer habe ihr das Geld geschenkt. Es kommt nicht selten vor, dass alte Menschen sich ihren Betreuern gegenüber dankbar erweisen.«

Ich kam zum Verzweifeln langsam voran, die elende Karre wurde von Schritt zu Schritt schwerer, der Park zog sich endlos hin. Inzwischen waren nach und nach die Laternen angegangen – ich hasse diese schummrigen neuen Stromsparfunzeln! Zu allem Überfluss dampfte nun auch noch Nebel aus den Wiesen, der sich auf meiner Brille wie Nieselregen niederschlug und meine Haare in Putzwolle verwandelte.

»Es hat keinen Sinn«, sagte ich schließlich. »Ich lass das alte Ding jetzt einfach hier stehen, sonst schaffen wir es definitiv nicht mehr zum Tierheim, bevor die zumachen.«

Ich lehnte das Rad an den nächsten Baum und beugte mich zu Marlowe hinunter, um ihn wieder an die Leine zu nehmen, als sein massiger Körper ruckartig Spannung annahm. Die Hängeohren aufgerichtet, starrte er wie gebannt in die Dunkelheit. Augenblicklich hörte ich es auch: Schritte. Folgte mir da jemand und ich hatte es wegen des Ratterns der Felgen nicht gehört? Wie ein Blitz traf mich der Gedanke an den Mann, von dem Mum in der Zeitung gelesen hatte. Quatsch, versuchte ich mich zu beruhigen. Nicht jeder, der abends in einem Park spazieren geht, fällt Frauen an. Und so einer wird sich bestimmt nicht ausgerechnet ein Opfer aussuchen, das von einem großen Hund begleitet wird. Da ist einfach noch jemand auf dem Heimweg, so wie ich. Doch als auch Herr Kasimir mit einem Mal nervös in den Nebel horchte, kroch auf schwarzen Spinnenbeinen die blanke Angst über meinen Rücken.

Mein kleiner Begleiter stieß einen beunruhigten Pfiff aus, dann krallte er sich fester in meine Schulter. »Besser, du legst jetzt einen Zahn zu!«

Unwillkürlich begann ich zu laufen. Und wieder sollte ich zu spüren bekommen, was es hieß, nicht gut in Form zu sein. Schon nach den ersten Metern hatte ich höllisch Seitenstechen und keuchte wie eine Dampflokomotive. Trotzdem entging mir nicht, dass auch mein Verfolger sein Tempo steigerte. Seine kraftvollen Schritte hallten immer deutlicher durch den Nebel. Mein Vorsprung wurde beängstigend kleiner. Ich blickte gehetzt zurück, und erkannte den Schattenriss eines hünenhaften Mannes. Mein Gehirn schaltete auf Autopilot und gab Gas. In vollkommener Panik schlug ich einen Haken vom Weg auf den Rasen, wohl in der absurden Hoffnung, dass er so meine Spur verlieren würde. Ich fühlte nichts mehr, rannte und rannte, ohne recht zu wissen wohin, bis Marlowe plötzlich eine Vollbremsung hinlegte. Das war das unrühmliche Ende meiner Flucht. Ich knallte der Länge nach über eine Buchsrabatte. Als ich mich zitternd aufsetzte, fletschte Marlowe schon knurrend die Zähne. Eine Sekunde später stand ein Titan über mir. Obwohl ich meine Brille verloren hatte, erkannte ich einen riesigen Kerl mit einer schwarzen Skimaske, dessen Blick zwischen dem Häufchen Elend zu seinen Füßen – also mir – und dem nicht eben freundlichen Hund neben mir unschlüssig hin und her wanderte.

»Handy«, knurrte er. »Handy her!«

Okay, ich bin nicht so mutig, wie sich das jetzt vielleicht anhört, aber obwohl ich blind wie ein Maulwurf und völlig hilflos in einem Blumenbeet saß, sagte ich wie aus der Pistole geschossen: »Nein!« Wäre Marlowe nicht da gewesen, hätte ich wahrscheinlich gesagt: »Hier bitte, aber tun Sie mir nichts!« Auch diese Variante hatte ich für den Bruchteil einer Sekunde erwogen. Bei Überfällen soll man den Angreifer bekanntlich keinesfalls provozieren. Deeskalation nennt man das. Aber ich hatte ja schließlich einen Polizeihund zur Seite.

Meine unerwartete Weigerung schien den Mann zu irritieren.

Ohne den bedrohlich knurrenden Marlowe aus den Augen zu lassen, unternahm er einen weiteren Anlauf. »Her damit, oder ich hol es mir!«

»Der holt sich gar nichts außer einen Biss in den Hintern«, hörte ich plötzlich Herrn Kasimir, der bei dem Sturz neben mir in den Herbstastern gelandet war. »Lass Marlowe von der Leine und ruf laut und deutlich: HILF!«

Mit zitternden Fingern tastete ich nach dem Karabiner, worauf der Mann prompt einen Schritt zurückwich. »HILF!«, schrie ich.

Fast gleichzeitig machte Marlowe einen Satz auf meinen Angreifer zu. Der Mann wirbelte herum und rannte um sein Leben, Marlowe hinter ihm her. Sekunden später waren die beiden schon im Nebel verschwunden, man hörte nur noch das wütende Bellen eines Hundes und wüste Flüche, die alles andere als jugendfrei waren. Meine Hände suchten in der feuchten Erde erfolglos nach der Brille, bis Herr Kasimir sie endlich fand. Ich wischte sie hastig ab und setzte sie auf die Nase, dann rappelte ich mich hoch und sackte mit einem Aufschrei jäh zurück. »Autsch, mein Knöchel!« Unter rasenden Schmerzen versuchte ich, Marlowe in der Dunkelheit auszumachen. »Und jetzt?«, keuchte ich.

»Ruf Marlowe zurück! – Vor dem Kerl hast du erst mal

Ruhe.« Herr Kasimirs Stimme bebte. »Ich hab Angst, dass er verletzt wird. – Das Kommando ist: HIER!«

Kurz nachdem ich das Rückrufsignal in die Dunkelheit gebrüllt hatte, stürmte Marlowe mit wehenden Ohren herbei. Ich schlang die Arme um ihn. »Marlowe, guter Hund, guter Hund.«

Schlagartig brachen sich die Tränen Bahn. Während seine weiche Zunge über mein Gesicht fuhr, begann ich hemmungslos zu schluchzen.

»Ist ja alles überstanden«, sagte Herr Kasimir. »Das war heute zugegebenermaßen ein bisschen viel des Guten. – Meinst du, du kannst gehen?«

Ich nickte, setzte ihn auf die Schulter und stand umständlich auf. Tatsächlich konnte ich aber gar nicht gut gehen. Der Knöchel tat so weh, dass ich bei jedem Schritt Sternchen sah. Also blieb mir nichts weiter übrig, als doch noch zu Hause anzurufen. Klar, dass meine Eltern einen Heidenschreck kriegten, als ich ihnen erzählte, was passiert war. Ich schleppte mich bis zur nächstgelegenen Straße und lehnte mich an einen Laternenpfahl, um den schmerzenden Fuß zu entlasten. Während wir warteten, sagte ich zu Herrn Kasimir: »Der Mann aus der Zeitung war das jedenfalls nicht. Der Kerl war nur an meinem Handy interessiert.« In diesem Punkt waren wir ausnahmsweise mal einer Meinung. Die Sache musste etwas mit den Fotos von Elwira zu tun haben. Sie hatte demnach einen Partner – und wir ahnten auch schon, wer das war.

Mum stürzte aus dem Wagen und schloss mich unter Tränen in die Arme.

»Bedank dich bei Marlowe«, sagte ich. »Er hat den Mann in die Flucht geschlagen!«

»Gut gemacht, alter Knabe!« Dad tätschelte Marlowes faltigen Schädel. »Du hast dir eine Extrawurst verdient.«

»Käse«, verbesserte ich ihn. »Er liebt Käse.« Sofort biss ich mir auf die Lippen. Doch keiner fragte danach, wie ich das wissen konnte. Dad schlug schnurstracks den Weg zur nächsten Polizeiwache ein, um den Überfall anzuzeigen, obwohl Mum der Meinung war, ich bräuchte jetzt vor allem Ruhe und einen Wickel um den Knöchel. Als wir die Dienststelle betraten, saß Herr Kasimir zum großen Amüsement der Polizeibeamten noch auf meiner Schulter, er hatte darauf bestanden mitzukommen, während Marlowe im Auto auf uns wartete.

Die Befragung dauerte ewig, immer wieder stellten sie mir dieselben Fragen. Logischerweise deckten sich die Beschreibungen der anderen Opfer nicht mit meiner Schilderung von Aussehen und Verhalten des Mannes, vor allem die Sache mit dem Handy passte so gar nicht in das Profil eines Triebtäters.

»Glauben Sie mir etwa nicht?«, sagte ich, als ich die

Geschichte zum fünften Mal erzählt hatte, erntete auf meine gereizte Frage aber nur ein mildes Lächeln.

»Du hast es erfasst«, teilte mir Herr Kasimir mit. »Du wärst nicht die erste Pubertierende, die sich mit einem erfundenen Überfall wichtigmacht.«

Na super! Ich war aber auch wirklich in einer blöden Zwickmühle. Ich konnte der Polizei ja nicht gut erzählen, dass der Mann einen triftigen Grund hatte, mein Handy an sich zu bringen. Ich hätte unweigerlich die Sache mit Herrn Kasimir zur Sprache bringen müssen, und mir war klar, dass ich damit definitiv den letzten Rest an Glaubwürdigkeit verlieren würde. So blieben viele Fragen offen, als wir volle zwei Stunden später endlich gehen konnten.

Als wir wieder in Mums kleines Auto stiegen, warf sie einen grübelnden Blick auf Marlowe, der sich wie ein gewaltiger Fellsack in den engen Kofferraum gefaltet hatte. »Was soll jetzt mit ihm geschehen?«

Ich zuckte scheinbar unbeteiligt mit den Schultern. »Ich weiß nicht, das Tierheim ist um diese Zeit jedenfalls längst geschlossen.«

Dad räusperte sich. »Keine Frage, wir sind dem Hund etwas schuldig. Und ehrlich gesagt, finde ich es beruhigend, Valentine mit einem tatkräftigen Beschützer zu wissen …«

Mum seufzte, aber sie sagte nichts. Das war so gut wie ein Einverständnis. Und so nahm der bis dahin schrecklichste Tag meines jungen Lebens zumindest für Marlowe noch ein glückliches Ende. Während Marlowe, nachdem er ein großes Stück Emmentaler verspeist hatte, zufrieden auf meinem Bettvorleger schnarchte – ja, leider schnarcht er wie eine Elefantenherde – und Herr Kasimir sich schon in sein Häuschen zurückgezogen hatte, lag ich mit einem dicken Salbenwickel um den Knöchel im Bett und konnte nicht einschlafen. Ohne eigenes Verschulden war ich in einen höchst realen Albtraum geraten. Ich fühlte mich so hilflos! Was, zum Teufel, sollte ich nur tun? Ich musste doch irgendetwas tun! Nur ich allein konnte Elwiras heimtückischen Plan durchkreuzen. Je mehr ich versuchte, meine Gedanken zu ordnen, desto aussichtsloser erschien mir alles.

15. KAPITEL

Nachdem ich mich stundenlang herumgewälzt hatte, begann ich im Kopf das Siebzehnereinmaleins aufzusagen, ein Trick, der normalerweise hundertmal besser funktioniert als das berühmte Schäfchenzählen. Trotzdem dauerte es heute, aber irgendwann gaben meine grauen Zellen doch noch klein bei und ich schlief tatsächlich ein.

Umso stinkiger war ich, als mich Herrn Kasimirs aufgeregte Stimme wieder aus dem Schlaf riss. »Valentine, wach auf! Ich muss die Fotos sehen. Ich glaube nämlich, ich weiß jetzt wieder, woher ich das Gesicht der Frau kenne.«

Das machte mich allerdings sofort hellwach. Erwartungsvoll humpelte ich aus dem Bett, holte Herrn Kasimir aus seinem Käfig und setzte ihn auf meinen Schreibtisch. Seine Barthaare zuckten, als er die Fotos betrachtete, dann pfiff er plötzlich auf und sagte: »Das muss sie sein, auch wenn sie jetzt blond und um einiges älter ist.«

Ich sah ihn fragend an.

»Die Frau stand auf der Fahndungsliste. Das ist zwar bestimmt schon zehn Jahre her, aber ich hab ein ausgezeichnetes Gedächtnis für Gesichter. Ihr Foto ging damals überall durch die Presse, die haben die Geschichte an die ganz große Glocke gehängt. Leider ohne Erfolg. Sie hat seinerzeit einen pflegebedürftigen alten Mann um sein Vermögen gebracht und ihn dann mit einem Medikament getötet.«

»Wissen Sie, wie sie heißt?«, erkundigte ich mich.

Herr Kasimir dachte einen Moment nach. »Nein«, sagte er dann bedauernd. »An den Namen kann ich mich beim besten Willen nicht erinnern. Aber der wird uns ohnehin nicht viel nützen, da sie wohl kaum noch denselben führen wird. Wahrscheinlich ist das Geld von damals ausgegangen und sie versucht es nun noch einmal mit derselben Masche.«

Kasimirs plötzliche Eingebung ließ mich auf einen Gedanken kommen. »Mord verjährt doch nicht«, sagte ich. »Wenn sie es wirklich ist, dann könnte man sie leicht mit den Fotos überführen und die Polizei einschalten. Aber dazu bräuchten wir den Namen, unter dem sie damals aufgetreten ist.« Ich schaltete meinen Computer ein. »Vielleicht kann ich im Internet etwas über sie erfahren.«

»Das bezweifle ich«, entgegnete Herr Kasimir mit der ihm eigenen Überheblichkeit.

Ich runzelte die Stirn. »Lassen Sie das meine Sorge sein, Herr Oberkommissar! Ich bin der Weltmeister der Recherche.«

Das war vielleicht ein wenig übertrieben, aber ich finde so gut wie alles, wenn es über eine Suchmaschine zu finden ist. Für Mum hab ich vor Kurzem eine Kindergartenfreundin aufgestöbert, obwohl die inzwischen längst einen anderen Familiennamen trägt. Aber auch Dad kommt zu mir, wenn er etwas braucht, zum Beispiel – und das geschieht häufig – wenn er auf der Suche nach einem bestimmten Lied ist, das jemand für eine Beerdigung wünscht. Das Geheimnis sind die richtigen Suchbegriffe. Ich versuchte es mit MORD, PFLEGERIN, HAUSHÄLTERIN, GELD und gab Bildsuche ein. Eine Sekunde später poppten Hunderte von Fotos auf. Herr Kasimir stellte sich auf die Hinterfüße und ging aufmerksam Reihe für Reihe durch.

»So kommen wir nicht weiter«, sagte er eineinhalb Stunden später und ich musste ihm leider recht geben. Viele der Suchergebnisse waren völlig irrelevant und die wenigen Frauenfotos hatten nicht die geringste Ähnlichkeit mit Elwira. Ich hab keine Ahnung mehr, wie lange wir es mit den verschiedensten Schlagwörtern versuchten. Jedenfalls fing Herr Kasimir irgendwann an zu gähnen, dann fielen ihm immer wieder die Augen zu und schließlich sackten ihm die Beinchen weg. Er sah so süß aus, wie er da tief schlafend auf meinem alten Ledermäppchen lag. Für einen Moment vergaß ich fast, dass ich nicht meinen kleinen Bully vor mir hatte, sondern einen Oberkommissar namens Kilian Kasimir.

Aber verdammt, es konnte doch nicht sein, dass so eine spektakuläre Geschichte einfach im Daten-Nirwana verschwand! Und plötzlich hatte ich den ultimativen Einfall. Die meisten Zeitungen unterhielten doch Online-Archive! Dort ließ sich die Suche zeitlich eingrenzen, das erhöhte meine Chancen. Das Jagdfieber spornte mich erneut an. Und so klapperte ich Website für Website ab, bis mir die Buchstaben vor den Augen verschwammen. Ich war schon kurz davor, aufzugeben, als ich endlich den entscheidenden Treffer landete: *Heimtückischer Mord durch Pflegerin,* hieß die Überschrift. Unter einem Foto, das eine brünette rundliche Frau zeigte, stand: *Sabrina Beimer alias Edda Koslowski, achtunddreißig Jahre alt.* Ich nahm mein Smartphone zur Hand und verglich Elwiras Gesicht mit dem aus dem Zeitungsartikel. Obwohl Elwira nun schon über fünfzig sein musste, gab es keinen Zweifel, dass die kurze Nase und der kleine Mund ein und derselben Frau gehörten. Mit meinen Fotos hatte ich also einen handfesten Beweis gegen sie.

Ich blickte nachdenklich auf den friedlich schlummernden Herrn Kasimir. Ein Oberkommissar in einem Meeri-Body nützte mir jetzt leider überhaupt nichts. Jetzt brauchte ich einen Kommissar, der im Vollbesitz seiner Fähigkeiten war. Mit fliegenden Fingern klickte ich das Telefonbuch an. Es gab drei *Flatter* in der Stadt. Aber nur einen mit dem Vornamen *Siegmund*. Entschlossen wählte ich seine Nummer. Erst als das Telefon am anderen Ende der Leitung schon klingelte, kamen mir Zweifel, die sich von Klingelton zu Klingelton steigerten. Ich wollte schon auflegen, als eine männliche Stimme aus dem Hörer bellte.

»Was zum Teufel …«

»Herr Flatter, entschuldigen Sie, dass ich um die Zeit noch anrufe …«, setzte ich an.

»Wer ist da!« Flatter brüllte. »Es ist ZWEI Uhr morgens!«

»Hier ist Valentine Engel, wir haben uns neulich auf dem Friedhof kennengelernt.«

Für einen Moment herrschte Schweigen, dann donnerte Flatter los, dass sich die Dachziegel hoben: »Du schon wieder …! Du Landplage!«

Mir wurden die Knie weich. »A-aber Herr Flatter, e-es geht um Leben und Tod«, stammelte ich. Ich weiß nicht, ob mein Gesprächspartner das noch mitbekam, denn da hörte ich schon das Freizeichen. Flatter hatte aufgelegt.

Herr Kasimir war von dem Telefonat natürlich aufgewacht. »Hat dir mein lieber Herr Kollege eine Abfuhr erteilt?«, erkundigte er sich spitz.

»Irgendetwas müssen wir doch tun, jetzt wo ich herausgefunden hab, wie die Frau heißt«, verteidigte ich mich und berichtete vom Erfolg meiner Recherche, was ihn zwar gnädiger stimmte, aber nicht von weiteren Vorhaltungen abhielt.

»*Irgendetwas* kann auch irgendetwas Falsches sein. In diesem Fall hast du dich bei Flatter unmöglich gemacht, und das ist nicht hilfreich, wenn wir die Polizei noch brauchen. Es wäre mir lieb, wenn du nichts mehr im Alleingang unternimmst.«

»Und was machen wir jetzt?«

»Jetzt rauchen wir erst mal eine!«

Ich stöhnte. »Muss das sein?«

»Es muss sein!« Widerwillig zog ich meinen Morgenmantel über. Dann fummelte ich eine Zigarette aus der verknitterten Schachtel, hinkte auf den Balkon und ließ mich in meinen alten Korbstuhl fallen. »Sie sollten endlich damit aufhören!« Mit Todesverachtung zündete ich den Glimmstängel an und legte ihn auf eine Untertasse.

Marlowe war uns in die klare Herbstnacht gefolgt und legte den Kopf in meinen Schoß. Ich kraulte meinen vierbeinigen Retter dankbar zwischen den Hängeohren. »Mann, war das ein Tag!« Ich lehnte mich völlig geschafft zurück.

»Und die Sache ist längst nicht ausgestanden!«, ergänzte Herr Kasimir nicht gerade aufbauend.

Ich nickte. »Sieht ganz so aus, aber ich kann der armen Frau Kasmer wohl kaum an den Kopf werfen, dass Elwira sie ermorden will. Allein der Schreck könnte sie schon umbringen.«

Herr Kasimir schnupperte nachdenklich in den Rauch seiner vor sich hin glimmenden Zigarette. »Es ist vertrackt«, sagte er schließlich. »Wir kommen ohne Hilfe von außen einfach nicht mehr weiter.«

Ich zog den Morgenmantel enger um mich. Verdammt, in was war ich da nur hineingeraten! Im Fenster gegenüber flimmerte ein Fernseher. Ich beneidete die Leute. Nein, das hier war leider kein Film, den man mit der Fernbedienung beenden konnte. Ich starrte grübelnd in die Nacht. Wem zum Teufel konnte ich so eine abgefahrene Geschichte erzählen? Und mit einem Mal sagte ich: »Julia.«

Herr Kasimir überlegte, während ich schon fortfuhr: »Warum eigentlich nicht Julia? Selbst wenn sie mich für schräg hält – ich kann ihr immerhin den Zeitungsbericht zeigen. Und das Päckchen und die vergifteten Pralinen liegen auch noch bei Ihnen in der Wohnung. Wenn eine junge Erwachsene, noch dazu die Enkelin, zur Polizei geht, werden die der Sache bestimmt nachgehen. Was sagen Sie?«

»Ich sage, mir fällt auch nichts Besseres ein«, antwortete Herr Kasimir. »Morgen ist Samstag, Julia übernachtet noch bis Montag bei ihrer Großmutter. Ich hoffe ja, dass ihre Anwesenheit die alte Dame vor einem neuen Anschlag schützt. Aber sicher bin ich mir offen gestanden nicht. Dein Auftritt hat Elwira, Edda, Sabrina – oder wie immer sie auch heißen mag – gehörig nervös gemacht. Und dass sie diesmal offenbar einen Komplizen hat, gefällt mir überhaupt nicht.«

Ich fröstelte. Die Uhr der katholischen Kirche schlug schon drei, als ich endlich wieder im Bett lag, allerdings war mir nur wenig Schlaf vergönnt, denn kurz nach acht weckte mich ein leises Winseln. Marlowe stand an der Tür und sah mich aus seinen Triefaugen so lange vorwurfsvoll an, bis ich völlig verpennt aus dem Bett kroch. Okay, Hunde mussten nun mal ab und zu raus!

Im Meerschweinchenhaus rührte sich rein gar nichts, als ich gähnend in den Morgenmantel schlüpfte und auf den Flur humpelte. Ich ließ Marlowe kurz in den Vorgarten, wo er sein kleines Geschäft verrichtete, und ging in die Küche.

»Wie geht's deinem Fuß, mein Schatz?«, erkundigte sich Mum.

»Ich kann schon ein bisschen besser auftreten«, sagte ich. »Die Salbe hat anscheinend geholfen.«

Mum nickte. »Retterspitz hat schon meine Großmutter benutzt, die alten Hausmittel wirken eben.« Sie wandte sich Marlowe zu. »Und hat er gut geschlafen?«

Ich täschelte Marlowes wuchtigen Schädel. »Denke schon. Ich allerdings nicht so sehr.«

»Kein Wunder, nach diesem Albtraum«, sagte Mum.

»Wo ist Dad?«

»Heute ist doch mein Klassentreffen, das fängt schon am frühen Nachmittag an, deshalb ist er so früh los, Hundefutter kaufen. Danach holt er noch schnell dein Rad aus dem Park. – Wann und wo ist das eigentlich mit den Reifen passiert?«

Mum hatte urplötzlich ihr Detektivgesicht aufgesetzt. »Während ich mit Marlowe Bällchen gespielt hab«, antwortete ich rasch, nahm mit einem demonstrativen Blick auf Marlowe, der erwartungsvoll zu mir hochsah, einen Suppenteller aus dem Schrank und füllte ihn mit Wasser. Der Schachzug ging auf – ja, manchmal ist Mum definitiv berechenbar.

Sie riss mir entsetzt den Teller aus der Hand. »Du wirst den Hund doch nicht aus unserem Essgeschirr trinken lassen! Lauf runter in die Garage und hol zwei Blumenuntersetzer!«

Ich beeilte mich, ihrer Aufforderung zu folgen und verzog mich danach ins Bad. Als ich eine halbe Stunde später zurückkam, stand Dad schon in der Küche.

»Du lieber Himmel«, sagte er, während er für Marlowe eine Portion Trockenfutter herrichtete. »Früher haben wir ja auch Streiche gespielt. Aus unerfindlichen

Gründen fanden wir es damals witzig, jemandem die Ventile rauszuschrauben. Aber an deinem Fahrrad muss ja ein wahrer Vandale am Werk gewesen sein.« Kopfschüttelnd stellte er die Futterschüssel auf den Boden und sah dem Hund nachdenklich beim Fressen zu. »Vielleicht gar nicht so falsch, dass du einen Beschützer hast. – Aber halt ihn mir bitte von den Geschäftsräumen weg, damit er mir die Kunden nicht verschreckt.«

Mum kam herein. »Wie seh ich aus?« Sie drehte sich einmal um die eigene Achse.

Dad grinste. »Wie zwanzig! Ich werde der glücklichste aller anwesenden Ehemänner sein.«

Sie verdrehte die Augen. »Bemüh dich wenigstens um Glaubwürdigkeit! Aber im Ernst, kann ich so zum Klassentreffen gehen, ist das Kleid nicht zu weit ausgeschnitten?«

»Du siehst ehrlich toll aus«, sagte ich.

Sie strich sich nervös durch die Haare. »Ich weiß nicht, ob wir überhaupt gehen sollen. Ich hab kein gutes Gefühl, dich nach dem schrecklichen Tag gestern allein zu lassen.«

Ich schüttelte den Kopf. »Quatsch, mir geht's schon wieder gut. Außerdem bin ich ja gar nicht allein.« Ich streichelte über Marlowes weiches Fell.

Mum nickte unsicher. »Aber schone deinen Fuß! Und …«

»Mach ich! Ich bin schon groß.« Damit wandte ich mich um und angelte die Müslipackung aus dem Schrank.

»Apropos groß ...« Mum seufzte. »Vorhin hab ich einen schwarzen Filzklumpen aus der Waschmaschine gezogen. – Er hatte entfernt Ähnlichkeit mit deinem Wintermantel. Sagt dir das was?«

»Ups!« Ich biss mir auf die Lippen.

Mum hob die Augenbrauen. »Felix hat mir schon von deinem Ausrutscher erzählt. Gestern war wohl wirklich nicht dein Tag ...«

Ich zuckte mit den Schultern. Felix, die alte Tratsche! Er konnte aber auch nichts für sich behalten! Angesichts meiner Pechsträhne verzichtete Mum zum Glück auf einen ausgedehnten Vortrag über den Nutzen von Waschanleitungen, der mir sonst todsicher geblüht hätte.

Dann verschwand sie im Wohnzimmer. Als sie zurückkam, sagte sie: »Ich hab Felix angerufen und ihm das von gestern Abend erzählt. Er kommt nachher vorbei, um nach dir zu sehen, Valentine.«

»Mum!« Ich stöhnte auf. »Warum denn, das ist völlig unnötig!«

Felix konnte ich heute wirklich nicht brauchen. Ich musste so schnell wie möglich in die Humboldtstraße.

Kurz darauf hörte ich meine Eltern wegfahren. Als ich das Frühstücksgeschirr in die Spülmaschine räumte, fühlte ich einen scharfen Schmerz. Mist, warum tat mir der blöde Knöchel plötzlich wieder so höllisch weh. Waren die wenigen Schritte, die ich seit dem Aufstehen gemacht hatte, schon zu viel gewesen? Das passte heute aber auch gar nicht! Ich hinkte ins Bad und legte einen frischen Salbenverband an. Marlowe ging einen Schritt zurück, als ich ihm die Tube unter die Nase hielt. Das Zeug stank aber auch heftig!

Danach weckte ich Herrn Kasimir. Ich musste x-mal an das Häuschen klopfen, bis er sich endlich blicken ließ. »Was soll das«, raunzte er mich an. »Ich hab heute Nacht fast kein Auge zugetan.«

»Damit sind Sie nicht allein! Aber es ist schon fast zehn«, sagte ich. »Und wir haben ein Problem.«

Herr Kasimir gähnte. »Ganz was Neues!«

»Mein Fuß«, fuhr ich fort. »Ich weiß beim besten Willen nicht, wie ich in die Humboldtstraße kommen soll. Das Rad ist pfutsch und ich kann nicht auftreten.«

»Dann nimm ein Taxi!«

»Super, bin ich Paris Hilton?«

»Kann dich nicht jemand fahren?«

Daran hatte ich natürlich auch schon gedacht, Olaf hätte mich bestimmt hingebracht, aber ich wusste, dass er an diesem Wochenende mit seinem Martin seine Schwester und – den ach so einmaligen – Little Stuart besuchen wollte.

Blieb noch Felix, der würde mir zwar hundertpro blöde Fragen stellen, aber an wen sollte ich mich denn sonst wenden?

16. KAPITEL

Eine halbe Stunde nachdem meine Eltern das Haus verlassen hatten, fuhr Felix' Golf in den Hof.

Als er die Wohnung betrat und ihm unvermittelt ein bulliger Hund gegenüberstand, wich Felix einen Schritt zurück.

»Das ist Marlowe«, sagte ich. »Mein neuer Bodyguard!«

»Der Hund von dem Polizisten – oder?«

»Ja, ein richtiger Spürhund.«

»Mann, Schwesterchen!« In Felix' Blick lag ehrliche Besorgnis. »Das gestern muss echt schrecklich gewesen sein …!«

»Ich bin schon wieder okay!«, sagte ich. »Nur mein Fuß macht Zicken! Ich kann nicht richtig auftreten.«

Felix nickte mitleidig.

»Du«, setzte ich an, »könntest du mir einen Gefallen tun?«

Felix nickte. »Logo!«

»Bringst du mich in die Humboldtstraße?«

»Wieso?«

»Ich hab dort eine Verabredung.«

Felix zog die Brauen zusammen. »Und mit wem, wenn ich fragen darf?«

»Darfst du nicht!«

»Aha«, sagte Felix gedehnt, dann erhellte plötzlich ein Grinsen sein Gesicht. »Kenn ich ihn?«

Ich sah ihn für einen Moment verdutzt an, bis ich verstand, worauf er anspielte, und Verlegenheit heuchelnd wegsah. »Sicher nicht.«

»Aus der Schule?« Felix beäugte mich gespannt.

»Das geht dich nichts an!«

»So, so, mein Schwesterchen hat schon ein süßes Geheimnis. Na, wenn das so ist – klar fahr ich dich hin!«

»Super!«, rief ich. »Bin gleich fertig!« Damit humpelte ich noch einmal in mein Zimmer zurück, sagte Herrn Kasimir Bescheid und ließ den Computer hochfahren.

»Was machst du da noch?«, erkundigte sich Herr Kasimir.

»Ich schick den Link zu dem Zeitungsartikel noch schnell auf mein Smartphone, damit ich ihn Julia zeigen kann.«

»Das könnte sich tatsächlich als hilfreich erweisen«, sagte er. »Du machst dich allmählich.«

Ich seufzte. »Danke, Herr Oberkommissar.«

Dann zog ich ein Sweatshirt an, steckte Herrn Kasimir in die Vordertasche und hinkte zur Haustür. Marlowe trabte erwartungsvoll vor mir her.

Als der stämmige Hund sich auf den zerschlissenen Rücksitz geklemmt hatte und ich schon auf dem Beifahrersitz saß, kurbelte Felix das Schiebedach auf. »Ein Wahnsinnswetter heute! Wer hätte gedacht, dass es noch mal so warm wird. Während du oben warst, hat Tommy angerufen und gefragt, ob ich zum Bolzen auf die Auwiese komme. Da du mich ja bestimmt nicht brauchen kannst, geh ich hin und hol ich dich danach wieder ab. – Okay?«

»Super!«, sagte ich dankbar.

Dann fuhren wir eine Weile schweigend, bis Felix fragte: »Ist er in deiner Klasse?«

»Wer?«, fragte ich abwesend.

»Na ER!«

»Mann, Felix, du bist schlimmer als Mum!« Ich stöhnte auf. »Lass mich in Ruhe!«

»Okay, okay!« Felix grinste mal wieder sein überhebliches Großer-Bruder-Grinsen und machte das Radio an. Ich war froh, als wir endlich in die Humboldtstraße bogen.

»Nummer 88«, sagte ich.

Felix deutete nach vorn. »Dort? Da ist irgendwas los!«

»Oh, Mann!«, stieß ich aus – mir blieb wirklich fast

das Herz stehen. Vor Frau Kasmers Haus stand ein Rettungswagen.

Felix drehte die Musik leiser und hielt an. »In dem Haus scheint was passiert zu sein. Willst du trotzdem aussteigen?«

Ich nickte, während ich wie vom Donner gerührt nach vorn starrte, und mich bemühte, Felix nichts von meinem inneren Aufruhr zu zeigen.

Mein Bruder sah mich prüfend an. »Bist du sicher?«

»Ja«, sagte ich knapp und öffnete hastig die Tür.

Felix hielt mich am Arm zurück. »Komm lieber mit zur Auwiese.«

»Lass mich los«, fuhr ich ihn an. »Hier wohnt auch eine alte Dame, vielleicht ist sie krank geworden.«

Felix ließ mich zögernd los. »Ich weiß nicht …«

»Quatsch.« Ich schüttelte den Kopf und stieg aus.

Stirnrunzelnd sah er mir zu, wie ich Marlowe aus dem Wagen zog, und fuhr erst weiter, als ich bereits hinter der Gartenmauer verschwunden war.

Die Eingangstür stand sperrangelweit auf. Hektische Stimmen drangen aus dem Haus.

Ich befahl Marlowe sich hinzulegen, damit er den Rettungsleuten nicht im Weg stand. Dann setzte ich Herrn Kasimir auf die Schulter. Seine Barthaare zuckten elektrisiert. »Fürchte, wir sind zu spät gekommen.«

Als ich beklommen in den Flur trat, lief Julia völlig aufgelöst auf mich zu. »Omi hatte einen Herzinfarkt. Oh Gott, sie darf nicht sterben!«

»Vorsicht!« Damit scheuchte uns ein Sanitäter zur Seite, der mit zwei Kollegen eine Trage aus dem Haus schleppte.

Klein und blass lag darauf Frau Kasmer, sie schien bewusstlos zu sein. Julia rannte hinter ihnen her und sah schluchzend zu, wie ihre Großmutter in den Wagen geschoben wurde.

Ich eilte ihr nach, so schnell es mein geschwollener Knöchel zuließ. »Wo ist Elwira?«

Julia blickte abwesend auf meinen eingebundenen Knöchel und zuckte mit den Schultern. »Beim Einkaufen.«

»Was hat deine Großmutter zuletzt gegessen?«, erkundigte ich mich hektisch.

»Warum fragst du das?« Julia wischte sich über die Augen. »Und warum bist du heute überhaupt hier?«

»Weil ich etwas weiß, das ich dir unbedingt sagen muss.«

Herrn Kasimirs aufgeregte Stimme trieb mich zur Eile. »Mach nicht so lang rum, der Krankenwagen fährt gleich ab.«

Fast gleichzeitig knallte auch schon die Tür des Laderaums und einer der Sanitäter rief Julia zu: »Kommen Sie mit!«

»Ja, natürlich!«, rief Julia zurück und ließ mich stehen.

Mir drehte sich schier der Magen um. Wie sollte ich Julia jetzt noch schonend beibringen, dass ihre Großmutter höchstwahrscheinlich Opfer eines Mordanschlags war. Verdammt, ich hatte ja nicht einmal mehr Zeit, ihr den Zeitungsbericht zu zeigen!

»Julia!«, brüllte ich hinter ihr her.

Sie blieb stehen und drehte sich um, während ich schon auf sie zuhumpelte.

Okay, *schonend* konnte ich jetzt vergessen. »Hör zu!«, platzte ich heraus. »Elwira hat deine Oma vergiftet. Wahrscheinlich hat sie in die Pfefferminzpralinen ein Blutdruckmittel gespritzt! Ich schick dir einen Link. Schau ihn dir an und ruf die Polizei!«

Julias Augen weiteten sich. »Was?«

Der Motor startete und eine Seitentür öffnete sich. »Kommen Sie nun?«

Mit einem letzten entsetzten Blick sprang Julia in den Wagen.

Während der Krankentransporter mit Blaulicht um die Ecke fuhr, hatte ich schon das Handy herausgefummelt, um den Link an sie weiterzuleiten.

»Hoffen wir, dass sie das Richtige tun wird«, bemerkte Herr Kasimir, als ich schließlich den Kopf hob. »Das Mädel ist ja völlig durch den Wind. Sie hat noch nicht mal die Haustür hinter sich zugemacht.«

»Wundert Sie das?«, sagte ich und hinkte über den Gartenweg zum Haus zurück. Der Herr Oberkommissar hatte richtig beobachtet, die Eingangstür stand weit offen. Ich blieb unentschlossen stehen.

»Worauf wartest du noch?«

»Ich kann doch nicht einfach in ein fremdes Haus gehen.«

»Du kannst und du musst sogar! Vielleicht finden wir noch Beweise.«

»Ist das nicht Sache der Polizei?«

»Ich bin die Polizei«, gab Herr Kasimir zurück.

»Waren!«, verbesserte ich ihn genervt.

Was hatte er noch zu verlieren? Er war ja schon so gut wie tot – irgendwie. Ich aber wollte wenigstens vierzehn werden und verspürte nicht die geringste Lust, dieser skrupellosen Elwira und ihrem Muskelpaket in die Arme zu laufen.

»Ich hab getan, was ich konnte«, sagte ich.

»Da bin ich anderer Meinung«, erwiderte Herr Kasimir. »Der Todesengel ist ausgeflogen, das ist eine einmalige Gelegenheit, sich drinnen umzusehen.«

Marlowe, der noch geduldig auf seinem Platz ausharrte, begann zu winseln.

»Komm!«, sagte ich. »Jetzt darfst du aufstehen!«

Marlowe erhob sich und trabte auf mich zu. Ich beugte mich zu ihm hinunter und tätschelte ihn. Diesen Moment nutzte Herr Kasimir. Er sprang von meiner Schulter auf Marlowes Rücken und von dort auf den Boden. So schnell ihn seine kurzen Beine trugen, wischte er in den Flur, Marlowe folgte ihm schwanzwedelnd.

Mist! Mein Kopf fühlte sich plötzlich an, als steckte er in einer Schraubzwinge.

Wie ferngesteuert betrat ich das Haus und schloss die Tür hinter mir.

Die Küche stand offen, mit klopfendem Herzen trat ich ein. Auf der Anrichte stand ein Topf mit einem angebratenen Stück Fleisch, in der Spüle ein Sieb mit gewaschenem Salat. Dann hatte Elwira also noch kaltblütig das Mittagessen vorbereitet, business as usual, trotz ihrer schrecklichen Tat. Die Frau hatte Nerven. Aber das hieß auch, dass sie höchstwahrscheinlich demnächst zurückkommen würde, um keinen Verdacht zu erregen.

»Wo sind Sie?«, rief ich beklommen.

»Wohnzimmer!«, hörte ich Herrn Kasimirs Stimme.

Als ich eintrat, hatte er Marlowes Rücken erklommen und reckte sich angestrengt nach oben, um auf den Couchtisch sehen zu können.

»Ich fürchte, es sind wieder die Pralinen«, sagte er.

Er hatte recht. Die Dose, die ich Frau Kasmer mitgebracht hatte, war bis auf die letzten zwei Pralinen leer. Sofort entdeckte ich kleine Einstiche, aus denen klebrige Zuckerfüllung quoll.

Der verwaiste Rollstuhl der alten Dame und die auf dem Boden liegende Morgenzeitung waren die stummen Zeugen der schrecklichen Szene, die sich hier abgespielt haben musste. Mir stiegen die Tränen in die Augen.

»Tut es sehr weh, wenn man einen Herzinfarkt hat?«, fragte ich leise.

»Es ist scheußlich, du glaubst, dein letztes Stündchen hat geschlagen – nun, fatalerweise stimmte das in meinem Fall ja auch«, gab Herr Kasimir zurück.

Mir drehte sich schier der Magen um! Obwohl ich definitiv nur die besten Absichten gehabt hatte, fühlte ich mich plötzlich wahnsinnig schuldig, schließlich hatte ich die Dose mitgebracht. Diesen stark emotionalen Gedanken fing Herr Kasimir prompt auf.

»Unsinn! Allerdings hat dein Besuch Elwira unter Zugzwang gesetzt. Und da kamen ihr die Pralinen von dir sehr gelegen, zumal sie ja glaubwürdige Zeugen dafür hat, dass du sie Frau Kasmer geschenkt hast.«

Seine trocken vorgebrachten Überlegungen jagten mir einen Heidenschreck ein. Wenn ich Pech hatte, machte mich dieses verrückte Abenteuer also auch noch zur Tatverdächtigen! Ich sah mich schon auf der Polizeiwache, in einem Verhörraum mit meinem speziellen Freund Flatter, dem es totsicher ein Vergnügen sein würde, mich auseinanderzunehmen. Okay, ich war vielleicht noch nicht voll strafmündig – aber die Jugendpsychiatrie war mir sicher.

Ich hörte schon, wie sie sich in der Schule den Mund zerrissen: Schräg war die ja immer! Oder: So sorgt man als Bestatterstochter für Kundschaft …

»Hör auf mit dem Quatsch!«, unterbrach Herr Kasimir meine dunklen Visionen. »Andererseits siehst du jetzt wohl selbst ein, wie wichtig es ist, die Frau zu überführen. Aber wir haben nicht ewig Zeit. Sie kann jeden Moment zurückkommen und ich möchte mir noch ihr Zimmer ansehen.«

Mit sehr gemischten Gefühlen hinkte ich in den ersten Stock. Herr Kasimir saß auf Marlowes Rücken, der sich mindestens so schwerfällig wie ich die steilen Treppen hochquälte.

Zögernd öffnete ich die Tür gegenüber des Aufgangs. Elwiras Zimmer musste zum Vorgarten hinausgehen, weil ich sie von dort aus hinter der Gardine gesehen hatte. Ich irrte mich nicht. Der kleine Raum war praktisch, aber nicht besonders wohnlich eingerichtet. Ein Bett, Nachtkästchen, ein Schrank, eine Kommode, ein Waschbecken, ein Stuhl und ein Tisch, auf dem ein aufgeklappter Laptop und ein kleiner Drucker standen.

»Fangen wir mit dem Mülleimer dort unterm Waschbecken an«, sagte Herr Kasimir. »Mülleimer sind immer die erste Wahl, das kannst du dir gleich mal merken! – Hast du Papiertaschentücher dabei? – Du weißt schon …«

»Fingerabdrücke!«, ergänzte ich.

»Was suchen wir eigentlich?«, fragte ich noch, als ich mich über den Plastikbehälter beugte. Einen Atemzug später stieß ich einen Schrei aus. »Schauen Sie!«

Damit zog ich, die Hände sorgfältig mit einem Taschentuch geschützt, eine benutzte Einwegspritze hervor, an der unverkennbar Schokolade klebte.

»Bingo!«, sagte Herr Kasimir, als ich mit dem nächsten Atemzug ein angebrochenes Medizinfläschchen herausfischte.

Zitternd vor Erregung schraubte ich den Verschluss ab und roch daran.

Herr Kasimir reckte sich nach oben. »Menthol, hab ich recht?«

Ich zeigte es ihm. »Denke schon.«

Sein Näschen schnupperte daran. »Genau wie ich es mir gedacht hab. Mach ein Foto von dem Zeug und leg alles wieder zurück.«

»Jetzt sollten wir aber gehen, das ist Beweis genug«, sagte ich, nachdem ich den Auftrag erledigt hatte. »Sie kann jeden Moment zurückkommen.«

Herr Kasimir überlegte kurz. »Schau dir vorher noch ihren Computer an!«

Ich stöhnte.

»Nur einen Blick! Und nimm mich gefälligst hoch!«

Ich pflückte ihn von Marlowes Rücken, setzte ihn seufzend auf den Tisch und klappte den Laptop auf, der blitzschnell hochfuhr.

»Glück gehabt, das Gerät war nur im Ruhezustand«, sagte Herr Kasimir. »Sehr gut, dann lass uns mal sehen, was sie zuletzt alles so getrieben hat.«

Es waren mehrere Programme offen. Die Chronik des Browsers zeigte an, dass Elwira auf der Seite eines Reiseportals gesurft hatte. Wollte der Todesengel verreisen? In den Favoriten fand ich Verlinkungen zu zwei Banken, die uns aber nicht weiterhalfen, weil wir die Passwörter nicht kannten. Doch dann kam der Hammer! Im Hintergrund lief noch ein Grafikprogramm und als ich es öffnete, poppte ein Kontobeleg mit Frau Kasmers Namen auf.

»Volltreffer!«, sagte Herr Kasimir. »Wie ich es mir gedacht habe. Sie manipuliert die Kontoauszüge und räumt so ungestört Frau Kasmers Ersparnisse ab.«

Marlowe, der neben mir auf dem Boden saß, erhob sich unvermittelt und wandte sich zur Tür. Augenblicklich fingen auch Herrn Kasimirs Barthaare an zu beben. Dann hörte ich das Quietschen einer Angel und erstarrte. Das Gartentor.

Elwira kam zurück!

17. KAPITEL 

Mir gerann das Blut. »Scheiße! Was machen wir jetzt?«

»Nichts wie raus hier«, sagte Herr Kasimir. »Sie darf dich auf keinen Fall in ihrem Zimmer erwischen. Bleib cool! Jetzt ist Pokerface angesagt. Kriegst du das hin?«

Mann, was für eine Frage! Ich fühlte mich so cool wie eine Maus in der Falle. Ich klappte wie in Trance den Laptop zu und beeilte mich aus dem Zimmer und die Treppe hinunterzukommen. Mit meinem verknacksten Knöchel dauerte das eine gefühlte Ewigkeit, aber irgendwie schaffte ich es in den Flur, ehe die Eingangstür aufging und Elwira eintrat. Das Entsetzen lag definitiv auf beiden Seiten!

Mein Erscheinen brachte die rundliche Blonde unverkennbar aus dem Konzept. Wir starrten uns wie versteinert an, bis Marlowe, der gespannt neben mir stand, sich plötzlich auf sie zubewegte. »Ruf das Tier zurück!«, schrie sie mich an.

»Marlowe, Fuß!«, rief ich, worauf Marlowe kehrtmachte und zu mir zurücktrottete.

»Bitte behalt die Nerven!«, ermahnte mich Herr Kasimir, der nun wieder in meiner Bauchtasche saß. »Benimm dich so unauffällig wie möglich.«

Ich räusperte mich. »Marlowe tut Ihnen nichts.« Ich setzte meinen unschuldigsten Kleinmädchenblick auf. »Sie wundern sich bestimmt, warum ich hier bin.«

Elwira hob die Augenbrauen. »Allerdings! Was hast du hier verloren?«

Verloren! Mann, damit gab sie mir das rettende Stichwort!

»Seit gestern vermisse ich meinen Geldbeutel«, sagte ich, bemüht, ihrem prüfenden Blick standzuhalten. »Ich bin hergekommen, weil ich dachte, er sei mir hier aus der Tasche gerutscht. Aber als ich kam, stand schon der Krankenwagen vor der Tür. Julia war völlig aufgelöst, weil ihre Großmutter einen Herzinfarkt hatte. Und weil sie mit ins Krankenhaus gefahren ist, meinte sie, ich könne selbst im Wohnzimmer nachsehen.«

Ich bin nicht sonderlich begabt im Lügen. Bestimmt war ich röter als die Nase von Rudolf dem Rentier, aber das schien Elwira nicht zu bemerken.

»Herzinfarkt«, wiederholte sie gedehnt. Ihr Gesicht zeigte plötzlich einen Ausdruck, den ich schwer beschreiben kann. Die Erstarrung wich einem sich wandelnden

Mienenspiel, in dem geheucheltes Bedauern und unverkennbare Zeichen von Befriedigung sich gegenseitig ablösten.

Ich nickte. »Ist das nicht schrecklich? Es muss passiert sein, als Sie beim Einkaufen waren.«

»Das ist wirklich schrecklich«, sagte sie und knöpfte ihren Mantel auf. »Aber wie du weißt, hatte Frau Kasmer es mit dem Herzen.« Damit hängte sie den Mantel an die Garderobe und drehte sich dann mit einem abgründigen Flackern in den Augen zu mir um. »Sie wird doch überleben?«

Ich zuckte hilflos mit den Schultern. »Ich weiß es nicht. Sie war bewusstlos.«

Elwira sah mich prüfend an. »Hast du ihn gefunden?«

»Wen?«

»Den Geldbeutel.« Sie zog das Wort bedeutungsvoll in die Länge.

Ich schluckte. »Den Geldbeutel? – Leider nicht, obwohl ich das ganze Wohnzimmer abgesucht hab.« Hilfe, ich durfte jetzt keinen Fehler machen! Ich flehte den Himmel an, dass Julia inzwischen schon die Polizei alarmiert hatte.

Die dralle Blonde musterte mich misstrauisch. »Und was machst du dann hier im Flur?«

Ich räusperte mich. »Ich wollte gerade gehen.«

Elwira lächelte bissig. »Willst du nicht warten, bis Julia

aus dem Krankenhaus kommt? Oder interessiert es dich etwa nicht, wie es der armen Frau Kasmer geht.«

Ich wurde rot. »Doch, aber …«

»Du kannst hier drin warten!«, schnitt sie mir das Wort ab und schob mich unerwartet energisch ins Wohnzimmer.

Mir explodierte schier der Schädel. Vielleicht war es das Beste, ich ließ mich erst mal auf ihren Vorschlag ein und ergriff die Flucht, sobald sich eine bessere Gelegenheit dazu ergab.

Elwira steuerte sofort die Dose an, offensichtlich, um zu sehen, wie viele Pralinen noch da waren. »Unsere gute Frau Kasmer hat sich sehr über dein Geschenk gefreut«, sagte sie mit der Anteilnahme einer Kobra. »Sie hat fast alle aufgegessen. Ja, für Pfefferminz stirbt sie.«

Mir lief ein eiskalter Schauer den Rücken hinunter.

Dann ging Elwira zur Tür, wo sie sich noch einmal umdrehte. »Was ist eigentlich mit deinem Bein passiert?«

»Verstaucht«, antwortete ich knapp.

»Dann setz dich besser hin. – Willst du etwas trinken?«

Ich schüttelte heftig den Kopf und murmelte ein hastiges Neindanke, während ich mich schon mit gekrümmtem Leib auf dem Boden liegen sah.

Elwiras Blick ging zu Marlowe, der sie seinerseits nicht aus den Augen ließ. »Aber der Hund – sollte er nicht etwas Wasser bekommen?«

»NEIN!«, platzte ich heraus, heftiger, als ich beabsichtigt hatte.

»Wie du willst!« Damit ging sie hinaus und schloss die Tür hinter sich.

Ich stöhnte auf. »Und was soll ich jetzt machen? Sie traut mir nicht über den Weg.«

»Ruf Felix an«, meldete sich Herr Kasimir. »Die Frau ist gefährlich. Er soll dich sofort hier abholen!«

Seine Einschätzung der Lage trug nicht gerade zu meiner Beruhigung bei. Mit schweißnassen Händen wählte ich Felix' Nummer. Das Freizeichen ertönte, aber er nahm nicht ab. »Verdammt, geh ran!« Aber nur seine Mailbox meldete sich. Mist, wahrscheinlich hatte er zum Sport die Jacke ausgezogen und jetzt hörte er das Klingeln nicht.

»Felix«, sagte ich mit gedämpfter Stimme auf die Mailbox. »Hol mich ab! Bitte, sofort!«

Dann checkte ich fieberhaft meine Möglichkeiten ab. Durchs Fenster ging gar nicht, einmal wegen meines verstauchten Fußes und dann, weil ich den bulligen Marlowe unmöglich aus dem Hochparterre bugsieren konnte. Während ich noch darüber nachdachte, hörte ich Schritte über mir. Elwira war anscheinend in ihrem Zimmer zugange.

Ich schlich mich, von Marlowe gefolgt, aus dem Wohnzimmer in den Flur, wo mir der nächste Schreck in die

Glieder fuhr. Die Eingangstür war verschlossen. Ich fühlte mich wie in einem dieser Albträume, in denen man fliehen will und nicht von der Stelle kommt.

Ich überlegte eben, ob ich durch die Küche auf die Terrasse entkommen konnte, als ein Wagen in die Einfahrt fuhr. Eine Sekunde später knallte eine Autotür. In meinem Kopf wirbelten die Gedanken.

»Lieber Gott, lass es die Polizei sein!«, zischte ich.

»Dein Optimismus in Ehren«, sagte Herr Kasimir. »Aber ich fürchte, die Mühlen der Behörde mahlen nicht so schnell.«

Ich zog mich an der Garderobe hoch, um aus dem kleinen Fenster neben der Tür sehen zu können und erhaschte einen Blick durch das Gartentor auf das Heck eines Sportwagens.

Dann klingelte es, ich sprang ab und schrie auf. »Autsch!«

Oben wurde eine Tür aufgerissen, dann rannte Elwira die Treppe hinunter. »Was willst du denn hier?«

Ich rieb mir den Knöchel. »Es hat geklingelt.«

Sie sah mich feindselig an, während sie mit flatternden Händen die Tür aufschloss. »Das ist Besuch für mich. Du gehst jetzt sofort ins Wohnzimmer zurück!«

Ihr unerwartet scharfer Ton rief in mir reflexartig Widerspruch hervor. Ich stehe grundsätzlich nicht auf Befehle und auf die Vokabel *sofort* schon gar nicht.

»Ich geh jetzt heim«, sagte ich und riss die Tür auf. »Außerdem muss Marlowe ...«

Ich hatte noch nicht ausgesprochen, als mein Widerstand wie ein angestochener Luftballon zusammenfiel. Ein Mann wie ein Schrank versperrte mir die Tür. Es war Heiko. Obwohl er eine Maske getragen hatte, erkannte ich ihn sofort als den Kerl im Park.

Marlowe empfing ihn mit einer unmissverständlichen Drohgebärde und wütendem Knurren. Der Mann zuckte für einen Moment zurück, dann griff er in die Tasche. Einen Wimpernschlag später blitzte ein Klappmesser in seiner Hand. »Halt den Hund fest, sonst mach ich Hotdog aus dem Vieh!«

Ich hielt Marlowe entsetzt am Halsband zurück.

»Gott sei Dank, Heiko! Gut, dass du gleich kommen konntest«, stieß Elwira atemlos aus. »Wie du siehst, haben wir ein Problem.«

Immer noch das Messer auf Marlowe gerichtet, funkelte mich der Mann aus schmalen Augen an. »Du bindest den Hund draußen fest, sonst gibt's morgen Hotdog!«

»Tu, was er will!«, sagte Herr Kasimir. »Marlowe darf kein zweites Mal Opfer eines Messerstechers werden!«

Mit zitternden Knien hinkte ich in den Vorgarten und band Marlowe an einem Busch fest, während Heiko neben mir stand und uns mit der Klinge bedrohte.

»Platz!«, sagte ich heiser. Marlowe hob den schweren Kopf und blickte mich an, als wolle er sich versichern, ob ich es ernst meinte. »Platz!«, wiederholte ich. Winselnd folgte der Hund meinem Befehl.

»Und du rein!«, befahl Heiko und wies mit dem Messer zum Haus.

In diesem Augenblick wurde mir blitzartig bewusst, dass ich in der Falle saß, sobald sich die Haustür hinter mir schloss. Das Einzige, was mir jetzt noch zu tun blieb, war Schreien. Vielleicht hörte mich jemand, ein Nachbar, ein Passant, irgendjemand. Ich holte Luft und brüllte: »HILFE!«

Einen Atemzug später fühlte ich eine Hand wie eine Baggerschaufel auf dem Mund. Ich schlug wild um mich, doch Heiko schleppte mich unbeeindruckt von meiner Gegenwehr ins Haus zurück. – Ich erinnere mich noch an Elwiras verbissene Miene, mit der sie mir etwas aufs Gesicht drückte. Etwas Weiches, das einen süßlichen Geruch ausströmte – und dann: Totaler Filmriss! Chloroform, wie Herr Kasimir mir später sagte. Überhaupt weiß ich das, was danach passierte, nur, weil es mir erzählt wurde. Folgendes muss sich abgespielt haben:

Ohne dass ich auch nur das Geringste davon mitbekam, verfrachteten mich Elwira und der Riese in die Küche, knöpften mir noch das Handy ab, und deponierten mich auf dem Küchensofa. Nun ist Chloroform bekanntlich ein Betäubungsmittel, aber kein tödliches Gift. Sie mussten also damit rechnen, dass ich, sobald ich zu mir kam, sofort wieder Ärger machen würde.

Deshalb, sagte Herr Kasimir, habe er sich die größten Sorgen gemacht, was sie nun weiter mit mir anstellen würden. Ohne zunächst zu verstehen, was sie vorhatten, beobachtete er, wie Heiko einen Korb Holz hereinschleppte. Während Elwira den alten Ofen damit anheizte, versicherte er sich, dass alle Fenster zu waren. Erst als Elwira den vorbereiteten Braten ins Backrohr schob, den Dunstabzug auf die höchste Stufe stellte, die beiden den Raum verließen und die Tür hinter sich schlossen, begriff er allmählich, welche perfide Idee hinter der Aktion steckte. Es war nur eine Frage der Zeit, bis der Dunstabzug so viel Rauchgas aus dem Ofen gezogen hatte, dass ich im Schlaf daran erstickte und ein für alle Mal schwieg. Und das Beste: Alles würde wie ein Unfall aussehen!

In dem Wissen, dass Kohlenmonoxid nach oben steigt, rettete sich Herr Kasimir irgendwie auf den Fußboden. Er hörte noch, wie jemand etwas die Treppe hinunterbugsierte, wie die Haustür zuknallte, Marlowe anschlug und ein Auto startete.

Dann versuchte er alles nur Erdenkliche, mich aufzuwecken. – Er muss mich zigmal in die Knöchel gezwickt haben – das Muster seiner Zähne zeichnete sich noch wochenlang ab. – Er sagte, es sei schrecklich gewesen, so rein gar nichts ausrichten zu können, während ihm von Minute zu Minute das Atmen schwerer fiel, bis auch er schließlich wegsackte.

18. KAPITEL

Das Nächste, woran ich mich erinnere, ist ein Albtraum. Ich rase einen endlosen Wasserfall hinunter, alles dreht sich, mir ist speiübel. Jemand ruft meinen Namen.

»Valentine!« Ich öffne benommen die Augen und sehe verschwommen einen Kopf über mir. Eine Sekunde später klatscht mir ein triefend nasses Handtuch ins Gesicht.

»Scheiße!«, war wohl das Erste, was ich sagte. Dann kam es mir auch schon hoch, und ich übergab mich.

Was war passiert? Felix hatte nach dem Sport meinen Anruf abgehört und war sofort alarmiert losgefahren. Er sagte später, er hätte bereits irgendwie so ein verdammt ungutes Gefühl gehabt, als er mich in der Humboldtstraße absetzte. Als er durch das offene Tor in den Garten rannte, kläffte ihm schon Marlowe entgegen. Er machte ihn los und klingelte. Als keiner öffnete, begann er, sich ernsthaft Sorgen zu machen, wo ich denn abgeblieben war. Zuerst versuchte er, mich auf dem Handy zu erreichen, ohne Erfolg natürlich – Elwira ging aus verständlichen Gründen nicht ran. Daraufhin umrundete er das Haus, während er laut meinen Namen rief. Und dann, sagte er, sei ihm fast das Herz stehen geblieben. Durch die Terrassentür sah er mich völlig zusammengesunken auf dem Küchensofa liegen. Ohne lange zu überlegen, schnappte er sich einen Stein aus der Wegeinfassung und schlug damit die Scheibe ein. Dann muss er mich irgendwie in den Garten gezerrt haben. Das war bestimmt Schwerstarbeit – der Ärmste! Das schwarz-weiße Schopfmeerschweinchen, das bewusstlos unterm Sofa lag, übersah Felix in der ganzen Panik. Es war Marlowe, der Herrn Kasimir behutsam wie einen Welpen zwischen die Fänge nahm und ins Freie brachte, wo er ihn hingebungsvoll ableckte – aber auch das weiß ich nur, weil Felix es mir erzählt hat.

Erst das, was nach dem nassen Handtuch kam, weiß ich wieder selbst. Ich werde heute noch rot, wenn ich daran denke, dass ich Felix auf die Sneakers gekotzt hab. Damals war ich jedenfalls nicht rot, sondern kreidebleich.

»Verdammt, Schwesterchen!«, sagte er, während er sich die Schuhe mit dem Gartenschlauch abspritzte. »Was ist passiert?«

Ich setzte mich benommen auf und wischte mir mit dem Handtuch das Gesicht ab. »Das ist eine komplizierte Geschichte.«

Einen Meter weiter kam noch jemand zu sich. Herr Kasimir schüttelte sich noch taumelnd Marlowes Sabber aus dem Fell. »Pfui Teufel!«

»Gott sei Dank!«, stieß ich erfreut aus. »Alle sind okay!«

»Mir ging's schon mal besser!«, gab Herr Kasimir matt zurück.

Felix sah mich kopfschüttelnd an. »Dass du Bully mithast, hab ich vorhin gar nicht bemerkt.«

»Bully?«, sagte ich leise. »Äh, nein.«

Felix zuckte mit den Schultern. »Du bist ein merkwürdiges Mädchen!«

»Ich weiß.« Ich setzte mich benommen auf.

»Trotzdem wäre es nett, wenn du mich demnächst mal aufklärst, was hier los ist.«

»Das ist, wie schon gesagt, eine komplizierte Geschichte.«

»Du wiederholst dich.«

Das wusste ich auch, aber ich hatte echt keine Ahnung, wie ich Felix verklickern sollte, dass ich, anders als er vermutet hatte, nicht in Sachen Liebe, sondern in Sachen Mord hier war.

Mein Kopf brummte und es fiel mir schwer, einen vernünftigen Gedanken zu fassen. Wäre ich klar gewesen, hätte ich es vermutlich auch gar nicht gewagt, Felix die unfassbare Wahrheit aufzutischen.

»Ich weiß, dass du nicht an Seelenwanderung glaubst«, begann ich zögernd.

Felix, der sich die Schuhe im Gras trocken wischte, hob die Augenbrauen. »Valentine, was soll der Quatsch?«

»Okay«, sagte ich. »Ich muss dir was erzählen, das du vielleicht für verrückt hältst. Aber tu mir bitte den Gefallen und unterbrich mich nicht.«

»Bin ganz Ohr.« Der Zweifel in seiner Miene ermutigte mich nicht gerade, ebenso wenig Herrn Kasimirs Stimme, die zwar noch schwach, aber dennoch sehr bestimmt klang. »Lass es! Erstens wird er dir im Leben nicht glauben. Und zweitens hat es absolute Priorität, jetzt so schnell wie möglich Elwira und ihren Komplizen zu finden!«

Doch ich ließ mich nicht von ihm beirren. Egal wie Felix reagierte, ich musste und wollte das Ganze endlich loswerden. »Also hör zu! Der Mann, der gestern beerdigt wurde …«

So knapp es eben ging, aber sicher holprig und lückenhaft, erzählte ich Felix von den haarsträubenden Ereignissen der letzten Tage. Angefangen von der Sache mit Bully und dem Stromschlag bis zu meinem Erwachen hier in Frau Kasmers Garten, wobei ich versuchte, mich auf das Wesentliche zu konzentrieren – was mir echt schwerfiel, weil ich definitiv noch nicht ganz online war.

Felix unterbrach mich zwar nicht, aber sein Gesicht

sprach Bände. Als ich verstummte, sagte er mit einem skeptischen Blick auf das schwarz-weiße Schopfmeerschweinchen, das neben mir im Gras saß und seinen Blick nicht weniger skeptisch erwiderte: »Herr Kasimir, also! Die neue Inkarnation des kleinen Henry?«

Ich hätte mich ohrfeigen können. Hatte ich wirklich gedacht, Felix würde mir meine absurde Geschichte glauben? »Idiot!«, zischte ich und sprang auf. – Genau genommen schrie ich eigentlich nur auf und setzte mich gleich wieder. »Halleluja, mein Fuß!«

»Komm, Schwesterchen!« Mein Bruder half mir vorsichtig hoch. Ich klammerte mich an ihm fest und blinzelte gegen die Tränen an.

»Du glaubst mir nicht«, schluchzte ich.

»Reg dich ab«, sagte Felix. »Einiges glaub ich, einiges nicht. Du bist ja noch völlig vernebelt, du vermischst Traum und Wirklichkeit. Aber an den Fakten ändert das nichts. Du bist, wie auch immer, in eine verdammt gefährliche Situation geraten, die dich fast das Leben gekostet hat.« Er schloss mich unwillkürlich in die Arme. »Mann, bin ich froh, dass es dir gut geht.«

Ich wischte mir die Nase ab und lächelte schief. Felix hatte mich, soweit ich mich erinnere, noch nie vorher umarmt. »Gut ist übertrieben.«

»Wie lange dauert das Kaffeekränzchen eigentlich noch?«, mischte sich Herrn Kasimirs Stimme in das

Chaos meiner Gedanken. »Der Todesengel entkommt uns noch.«

»Was sollen wir jetzt nur tun?«, antwortete ich.

Felix ließ verlegen von mir ab. »Die Polizei holen natürlich«, sagte er.

Herr Kasimir richtete sich plötzlich auf und pfiff. »Bis die kapiert haben, was Sache ist, sind die zwei über alle Berge! – Ihr müsst Marlowe auf sie ansetzen. Sag das deinem Bruder!«

Felix sah ihn erstaunt an. »Was hat er?«

»Glaub, was du willst, aber er sagt, wir müssen Marlowe auf die beiden ansetzen.« In diesem Moment war es mir wirklich ganz egal, was Felix glaubte.

Felix runzelte die Stirn. Ich zuckte mit den Schultern und beugte mich zu Herrn Kasimir hinunter. »Und wie sollen wir das machen, Herr Oberkommissar?«

Herrn Kasimirs Barthaare zitterten vor Tatendrang. »Geht in Elwiras Zimmer und zieh das Kopfkissen ab. Da sind Millionen von Hautschuppen dran. Das saubere Pärchen ist mit einem Cabrio weggefahren. Die Chancen, dass Marlowe Elwira trailen kann, sind deshalb gar nicht schlecht.«

»Super Idee!«, sagte ich. »Aber ich kann unmöglich weit gehen!«

»Frau Kasmers Rollstuhl steht im Wohnzimmer. Dein Bruder soll dich schieben.«

Felix unterbrach unsere Unterhaltung, von der er nur meinen Part mitbekommen hatte. »Hör mal, Valentine, du unterhältst dich doch nicht tatsächlich mit Bully? Das ist jetzt wirklich zu abgedreht ...«

»Erstens unterhalte ich mich nicht mit Bully, sondern mit Herrn Kasimir und zweitens haben wir jetzt definitiv keine Zeit mehr, weiter darüber zu diskutieren.«

Felix sagte später mal, ich sei in diesem Moment dermaßen überzeugend rübergekommen, dass er an seinem eigenen Verstand gezweifelt hätte.

Als ich Herrn Kasimirs Vorschlag an ihn weitergegeben hatte, verschwand er jedenfalls im Haus und kam mit dem Kopfkissenbezug und Frau Kasmers Rollstuhl zurück. »Und jetzt?«, fragte er mit einem verwirrten Blick auf Herrn Kasimir.

Ich setzte mich in den Rollstuhl und nahm Herrn Kasimir auf den Schoß. »Was sollen wir Ihrer Meinung nach jetzt tun?«, fragte ich ihn.

»Nehmt die Wäscheleine da drüben ab. Ihr braucht zum Trailen fünf bis sieben Meter. Dann schick deinen Bruder in die Küche. Er soll nachsehen, ob Käse da ist. Sobald Marlowe den Geruch von Elwira aufgenommen hat, gibst du ihm den Suchbefehl.«

»Und wie heißt der?«

Herr Kasimir verdrehte die Kulleraugen. »SUCH natürlich!«

Ich war ziemlich erleichtert, dass mir Felix skeptische Einwände ersparte, als ich ihn bat, Herrn Kasimirs Anweisungen auszuführen.

Während mein Bruder in der Küche schon nach Käse suchte, rief ich Marlowe näher und knüpfte die Wäscheleine an sein Halsband. Dann hielt ich ihm Elwiras Kopfkissenbezug unter die Nase. Marlowe verstand sofort! Nach nur ein, zwei Atemzügen, reckte er schnuppernd die faltige Schnauze.

»Such!« Gespannt umklammerte ich die Leine. Augenblicklich zog Marlowe an und ehe ich wusste, wie mir geschah, setzte sich der Rollstuhl jäh in Bewegung.

»Feeelix!«, brüllte ich.

Als mein Bruder mit einem Päckchen Scheibenkäse aus dem Haus stürmte, rollte ich schon durchs offene Gartentor. In der Einfahrt, da wo das Cabrio geparkt hatte, blieb Marlowe einen Moment stehen, schließlich wandte er sich um und schnupperte ausgiebig an der Gartenmauer.

»Toll«, keuchte Felix, der uns atemlos gefolgt war. »Das wird nie was!«

Herr Kasimir pfiff empört. »Sag deinem neunmalklugen Bruder, er soll die Klappe halten! Hautschuppen verwehen mit der Luftströmung und bleiben an Mauern oder Hecken hängen. Marlowe weiß genau, was er da macht.«

Ich blitzte Felix gereizt an. »Du sollst die Klappe halten!«

»Sagt das dein Herr Kasimir?«

»Endlich hast du's erfasst!«

»Das bezweifle ich«, gab Felix mit rauer Stimme zurück, doch da zog Marlowe schon wieder dermaßen an, dass der Rollstuhl ins Schlingern kam. Felix konnte ihn eben noch fassen. Marlowe rannte an die fünfhundert Meter die Humboldtstraße hinauf. Felix japste schon wie ein Karpfen an der Angel, als der Hund an der Kreuzung zur Schillerstraße abrupt stehen blieb. Scheinbar verwirrt ging er planlos hin und her, hob mal die Nase und senkte sie wieder.

Ich seufzte auf. »Mann, jetzt hat er wohl wirklich die Witterung verloren!«

»Lass ihm Zeit!«, sagte Herr Kasimir. »Kreuzungen sind manchmal schwierig.« Schließlich entschloss sich Marlowe, in die Schillerstraße einzubiegen, dort legte er sofort wieder an Tempo zu.

19. KAPITEL 

Wir müssen ein merkwürdiges Gespann abgegeben haben. Der massige unförmige Marlowe, der mit wehenden Hängeohren und schlabbernden Lefzen vor uns hertrabte, mich, mitsamt Rollstuhl im Schlepptau, und Felix, der mit hängender Zunge versuchte, Schritt zu halten und den Rolli vorm Umkippen zu bewahren.

Meine Aufgabe war vor allem, Marlowes Leine zu halten und VORSICHT zu brüllen. Trotzdem gab es etliche Fastzusammenstöße mit Passanten, die uns nicht eben freundliche Kommentare hinterherschickten. Am Ende der Schillerstraße bog Marlowe, ohne lange zu überlegen, in die Marktstraße ein. Wir näherten uns immer weiter der Innenstadt, was mir überhaupt nicht behagte, weil hier noch mehr Leute unterwegs waren.

»Glaubst du wirklich, der Hund weiß, was er tut?«, wandte Felix ein, als Marlowe urplötzlich stehen blieb und einen Mülleimer umkreiste. »Ich kann mir nicht vorstellen, wie er aus all den Menschen hier einen einzigen identifizieren soll, der noch dazu in einem Auto vorbeigefahren ist.«

»Sag ihm, dass er keine Ahnung hat«, bemerkte Herr Kasimir, der aufmerksam beobachtete, was Marlowe machte. »Dein Bruder hat grade mal schlappe fünf Millionen Riechzellen, Marlowe dagegen über zweihundert Millionen. Außerdem …«

Herr Kasimir unterbrach sich selbst mit einem erregten Pfiff. »Sieh nur!«

Marlowe stemmte seinen plumpen Körper hoch und kratzte wie wild an dem Müllbehälter.

Felix schüttelte seufzend den Kopf. »Da hat jemand wohl einen Hamburger entsorgt.«

»Blödsinn!«, sagte Herr Kasimir – was natürlich nur ich mitbekam. »Ich glaub, ein Blick in den Eimer lohnt sich.«

Ich hangelte den Rollstuhl mit dem gesunden Fuß zu dem Behälter und zog mich hoch.

»Was soll das?« Felix sah mir sichtlich genervt zu, als ich mit spitzen Fingern im Abfall herumkramte. Es war ja auch definitiv eklig, aber es sollte sich lohnen. Unter einer klebrigen Eistüte und einem angebissenen Apfel entdeckte ich etwas, das ich sofort erkannte: die grüne Mülltüte aus Elwiras Papierkorb! Marlowe kläffte begeistert, als ich den Fund herauszog und mich in den Rollstuhl zurücksinken ließ. Ich sah Felix triumphierend an. »Sie haben versucht, die Beweise verschwinden zu lassen! – Schau, hier …«

Aber Herr Kasimir unterbrach mich. »Quatscht nicht lang rum! Das Wichtigste ist jetzt, Marlowe sofort seine Belohnung zu geben. Alles andere muss warten!«

Ich gab Herrn Kasimirs Einwand an Felix weiter. Mein Bruder kramte verdattert den Käse aus seiner Jacke. Schwanzwedelnd verschlang Marlowe seine Belohnung. Während ich den cleveren Vierbeiner überschwänglich lobte, inspizierte Felix die Tüte. Stirnrunzelnd las er die Aufschrift auf dem Medikamentenfläschchen. »Ein Kalziumantagonist«, sagte er. »Das Zeug ist bestens geeignet, jemanden um die Ecke zu bringen, der ohnehin schon herzkrank ist.«

»Ganz was Neues!«, bemerkte Herr Kasimir. »Und jetzt lass Marlowe noch mal an dem Überzug schnuppern, damit er weiß, dass es weitergeht.«

Marlowe nahm die Spur sofort wieder auf. Zielstrebig führte er uns die Marktstraße hinunter, die stadtauswärts mit dem Bahnhof endet. Auf dem Pendlerparkplatz blieb er stehen und hob die Nase.

»Sie müssen hier geparkt haben«, sagte ich. »Aber ich kann das Auto nirgends sehen.«

Auch Felix sah sich suchend um. »Vielleicht sind sie wieder weggefahren.« Doch plötzlich schien Marlowe erneut Witterung zu haben, denn er zog kraftvoll in Richtung des Bahnhofgebäudes. Wir folgten ihm gespannt, aber meine Hoffnungen schwanden, als er vor einem Kassenautomat hielt. »Mist!«, zischte ich. »Sie sind uns entwischt.«

Felix nickte. »Die sind bestimmt über alle Berge. Wir hätten gleich die Polizei verständigen sollen. – Andererseits hat Marlowe Beweismittel aufgestöbert, die wir sonst bestimmt nicht entdeckt hätten.«

»Na gut«, sagte Herr Kasimir. »Einverstanden, der Zeitpunkt erscheint auch mir jetzt vernünftig.«

Ich nickte enttäuscht.

Felix zückte schon sein Handy, als sich Marlowe jäh wieder in Bewegung setzte. »Pass auf deinen Köter auf!« Ein älterer Mann wedelte wütend mit einer Zeitung. Marlowe hatte ihn fast umgerannt. Ich brüllte eine Entschuldigung, während der Rollstuhl auf den glatten Fliesen ein beängstigendes Tempo aufnahm. Trotzdem hielt ich die Leine fest umklammert und schrie in einer Endlosschleife: »Aus dem Weg! – Aus dem Weg!« Die Leute sprangen erschrocken zur Seite und sahen uns verwirrt nach. Felix holte uns erst ein, als Marlowe vor einer geschlossenen Tür haltmachte.

Mein armer Bruder war völlig aus der Puste. »Uff!«, keuchte er. »Das ist die Damentoilette. Da darf ich nicht rein.«

»Wahrscheinlich war sie auf dem Klo.« Ich stemmte mich aus dem Rollstuhl. »Du und Marlowe warten hier, ich geh mal rein.«

»Ich will mit!«, sagte Herr Kasimir.

Ich steckte ihn also in die Bauchtasche meines Sweatshirts und humpelte in den Waschraum. Marlowe versuchte mir zu folgen, aber Felix hielt ihn zurück.

Von den zehn Kabinen waren zwei belegt. Ich beugte mich nach unten, um wenigstens einen Blick zu erhaschen und erntete das strafende Hüsteln einer Frau, die sich gerade die Hände wusch. Ich grinste verlegen und tat, als ob ich mir die Schuhe binden wollte.

Diesen Moment nutzte Herr Kasimir, um auf den Boden zu springen. Einen Augenblick später ertönte ein Schrei, dann flog eine Kabinentür auf und eine dicke Frau, die panisch eine gewaltige fleischfarbene Unterhose hochzog, stürmte heraus. »Ratten!«, schrie sie. »Die haben hier Ratten.«

Damit floh sie, knapp gefolgt von der Hüstlerin aus dem Waschraum. Marlowe aber drängte ungestüm durch die offene Tür, wobei er Felix mehr oder weniger hinter sich herzerrte. Vor der letzten geschlossenen Kabinentür blieb er stehen und bellte sich fast die Seele aus dem Leib. Drinnen hörten wir jemanden Keifen, dann polterte es. Mit einem triumphierenden Pfeifen sauste Herr Kasimir unter der Tür hervor.

»Haben Sie was abgekriegt?«, presste ich besorgt hervor.

Herrn Kasimirs Barthaare zitterten, aber seine Stimme klang höchst zufrieden, als er sagte: »Ich bin okay. – Und so weit ich sehen konnte, gibt es hier nur eine Ratte. Und die sitzt in der Falle! – Marlowe hat sich seinen Käse redlich verdient.«

In diesem Moment öffnete sich die Tür zum Waschraum. »Was ist hier los?« Ein rotgesichtiger Mann in der Uniform des Ordnungsdienstes funkelte Felix finster an. »Männer haben hier nichts verloren – und Hunde schon gar nicht!« Dann entdeckte er Herrn Kasimir, der überrascht zu ihm hochblickte. »Und da haben wir ja auch die Ratte! Habt ihr nichts Besseres zu tun, als alte Damen in Angst und Schrecken zu versetzen?«

Ehe ich irgendetwas Erklärendes sagen konnte, hörten wir plötzlich eine kleine hilflose Stimme hinter der Kabinentür. »Helfen Sie mir, ich werde bedroht. Sie hetzen den Hund auf mich!«

Der Rotgesichtige wurde noch röter, als er ohnehin schon war. »Das geht jetzt wirklich zu weit!« Damit klopfte er schon an die Tür. »Kommen Sie raus! Die tun Ihnen nichts!«

Marlowes Flanken zitterten vor Erregung, als sich langsam die Tür öffnete und eine Frau erschien. Eine brünette Frau in einem Hosenanzug. Die Laptoptasche über ihrer Schulter gab ihr das Aussehen einer seriösen Geschäftsfrau auf Reisen.

»Was für eine armselige Tarnung«, bemerkte Herr Kasimir.

Ich hob ihn auf meine Schulter und sagte: »Die Verkleidung hilft Ihnen gar nichts, Elwira – oder soll ich Sabrina sagen – oder ist Ihnen Edda lieber? Und Marlowe lässt sich schon gar nicht täuschen!«

Tatsächlich zerrte der bullige Hund dermaßen, dass ihn Felix, der ihn am Halsband hielt, kaum bändigen konnte.

Elwira beäugte den Hund angstvoll, dann wandte sie sich Hilfe suchend an den Wachmann. »Ich weiß gar nicht, was die von mir wollen«, sagte sie mit weinerlicher Stimme. »Bestimmt handelt es sich um eine Verwechslung.«

»Hören Sie!« Nun wandte sich Felix an den Wachmann, der sichtlich überfordert zwischen uns stand. »Diese Frau ist eine mehrfache Mörderin. Sie hätte heute um ein Haar auch noch meine kleine Schwester umgebracht.«

Ich nahm ihm den schweren Hund ab, der sich vehement gegen seinen Griff stemmte. »Sitz!«, sagte ich. Marlowe befolgte das Kommando winselnd und widerstrebend. Klar, er hatte seine Beute gefunden – jetzt war Käse angesagt – und wo blieb der, bitte?

Ich nickte Felix zu. »Gib ihm Käse!«

Felix kramte die letzten zwei Scheiben aus der Jacke und gab Marlowe seine Belohnung.

»Die verwechseln mich mit jemandem«, jammerte Elwira. »Ich muss jetzt sofort los, sonst erwische ich meinen Zug nicht mehr.« Mit einem argwöhnischen Blick auf Marlowe, der sabbernd seinen Käse genoss, sie aber dabei keinen Moment aus den Augen ließ, bugsierte sie einen Trolley aus der Kabine.

Der Wachmann kratzte sich am Kinn, man konnte sehen, wie es unter seiner Mütze brodelte. Felix und ich sahen uns an. An ein großes Licht waren wir da leider nicht geraten.

Eine krächzende Stimme unterbrach das angestrengte Grübeln des Uniformierten.

»Valentine Telefon!«

Der Wachmann blickte sich verwirrt um.

»Ich bin Valentine!«, rief ich. »Das ist mein Handy! Sie hat es mir abgenommen!«

Valentine Telefon! – Valentine Telefon!

»A-aber …«, stammelte der Wachmann.

»Geben Sie meiner Schwester das Handy zurück!«, fuhr Felix Elwira an, die sich in kleinen Schritten rückwärts Richtung Ausgang bewegte.

»Verdammt!«, schrie ich dem Wachmann zu. »Stehen Sie doch nicht so rum!«

»Entschuldigung«, sagte der Mann zu Elwira und streckte die Hand aus. »Darf ich mal einen Blick auf das Handy werfen?«

»Das dürfen Sie nicht!«, zischte Elwira. Sie drehte sich blitzschnell um, riss die Tür auf und versuchte zu entkommen. – Wie gesagt: versuchte ...

Denn da ließ ich Marlowe los. Elwira blieb wie paralysiert stehen, weil Marlowe sogleich einen Satz machte und sich wütend knurrend vor ihr aufbaute. Mein gutmütiger Faltensack hatte sich jäh in einen zähnefletschenden Höllenhund verwandelt, dem man besser nicht in die Fänge geriet.

All das geschah in rasender Abfolge während im Hintergrund eine groteske Papageienstimme unentwegt *Valentine Telefon!* krächzte.

»Es kommt aus dem Trolley!«, rief Felix und fingerte den Reißverschluss auf, während Elwira kreidebleich am Türblatt klebte. Als Felix den Deckel hochklappte, stieß Elwira einen hysterischen Schrei aus. »Das Geld! Wo ist mein Geld?«

Schulterzuckend fischte Felix unter einem blauen Jerseyrock mein Handy heraus.

Elwira schien Marlowe völlig vergessen zu haben, sie stürzte sich auf ihren Koffer, wühlte konfus darin herum und faselte von ihrem Geld und dass sie bestohlen worden sei.

Ich hielt den knurrenden Marlowe am Halsband zurück und sah ihr ebenso ratlos zu, wie die beiden anderen.

Valentine Telefon!, krächzte es wieder.

»Gib her!«, sagte der Wachmann, er nahm Felix das Handy ab und presste es ans Ohr.

»Hallo?«

Ich stöhnte auf. »Sie müssen den grünen Knopf drücken!«

»Aha.« Seine dicken Finger tappten über das Display. »Hallo?«

Am anderen Ende hörte man eine männliche Stimme. »Valentine? Nein«, sagte der Wachmann. »Ich bin Wachmann am Bahnhof.« Er sah mich unsicher an. »Ja, ich glaub, die steht neben mir. – Polizei, ach …«

Als ich *Polizei* hörte, fiel mir ein Stein vom Herzen. »Danke, Julia!«, stieß ich aus.

Der gute Mann glotzte mich an, als sei ich soeben aus einem Raumschiff gestiegen, dann musterte er Elwira, die schluchzend über ihrem Koffer hing und schüttelte den Kopf. »Eine Blondine? – Nein …«

»Machen Sie doch die Augen auf, sie trägt eine Perücke!«, schrie ich ihn an. »Das sieht doch ein Blinder!« Damit riss ich ihm das Telefon aus der Hand.

»Hier ist Valentine«, brüllte ich. »Wir brauchen dringend Hilfe!«

Und dann kam der Moment meines großen Triumphes.

Die Stimme am anderen Ende sagte: »Bist du okay?« Ich erkannte sie auf Anhieb, obwohl ihr der typische arrogante Ton heute gänzlich fehlte. Es war Flatter, der erfreulich kleinlaut und höchst besorgt klang.

20. KAPITEL 

Wie es dazu kam, ist schnell erzählt. Noch im Krankenhaus hatte Julia den Archivartikel gelesen. Nachdem man ihr bestätigt hatte, dass ihre Großmutter gerade noch mal Glück gehabt hatte, ließ sie sich mit einem Taxi zur Hauptwache fahren, wo sie sofort Anzeige gegen die Haushälterin erstattete und darauf drängte, dass zwei Polizisten sie zum Haus begleiteten. Dort fanden sie un-erklärlicherweise eine offene Terrassentür, eine abgeschnittene Wäscheleine und in der Küche einen total verkohlten Braten. – Und sie stellten fest, dass Elwira ihre Sachen gepackt hatte und offenbar in aller Eile abgereist war.

Dann fand Julia verdächtige Einstiche in den restlichen zwei Pralinen – womöglich hatte Elwira sie nicht entsorgt, um den Verdacht auf mich zu lenken. – Da sich Julia hundertprozentig daran erinnerte, dass ihre Großmutter kurz vor dem Herzanfall davon gegessen hatte, benachrichtigten die Beamten die Mordkommission. – Und da trat Hauptkommissar Flatter auf den Plan.

Jedenfalls genoss ich es aus vollen Zügen, dass Flatter offensichtlich ein schlechtes Gewissen hatte. »Sie sind das also, Kommissar Flatter?«, sagte ich ins Telefon. »Hier ist die Landplage, die um Haaresbreite erstickt wäre, nur weil Sie ihr nicht glauben wollten!«

Herr Kasimir pfiff triumphierend. »Gib's dem aufgeblasenen Esel!«

Felix sah mich irritiert an, während der Wachmann sich am Kinn kratzte und Elwira wie ein Häufchen Elend auf dem Boden hockte. Wir überließen ihr die Entscheidung hinter einer Toilettentür oder im Bann des grimmigen Marlowe auf ihre Abholung zu warten. Sie entschied sich für die erste Lösung. Nachdem der Wachmann sie in die Kabine geschoben hatte, dauerte es keine Viertelstunde, bis vier Beamte in den Waschraum stürmten. Hinter ihnen trat Flatter ein. »Wo ist sie?«

»Ich hab sie festgesetzt!« Stolz zeigte der Wachmann auf die Kabinentür, hinter der Elwira auf ihre Verhaftung wartete.

Flatter maß mich mit einem erleichterten Blick, dann sagte er in dem bemüht freundlichen Ton, in dem man mit kleinen Kindern spricht: »Ist das etwa ein Meerschweinchen?«

»Wie man's nimmt«, gab ich zurück. »Er heißt …«

»Bully!«, setzte Felix hastig hinzu und sah mich beschwörend an.

Ich zuckte mit den Schultern und tätschelte Marlowe.

Flatter stutzte. »Das ist doch der Hund von Kommissar Kasimir? – Marvin oder so ähnlich …«

»Marlowe!«, sagte ich. »Und weil wir schon bei Herrn Kasimir sind: Auch er ist ein Opfer dieser Frau – schon bei seiner Beerdigung hab ich versucht, Ihnen das klarzumachen.«

Als Elwira das hörte, begann sie in der Kabine zu toben. »Du hässliche kleine Kröte!«, brüllte sie. »Das lass ich mir nicht auch noch anhängen!« Die Beamten zogen sie unsanft heraus und legten ihr Handschellen an, wobei sie so wild um sich trat, dass ihre Perücke verrutschte.

Der Wachmann sperrte den Mund auf, als wolle er einen Fußball verschlucken. »Sie-sie ist ja doch blond!«, stammelte er schließlich.

»Gut gemacht, Mann!«, sagte Flatter und klopfte ihm auf die Schultern.

Dann wandte er sich wieder an mich. »Ich denke, alles Weitere besprechen wir im Büro.«

»Sag ihm das bloß nicht mit Bully!«, raunte mir Felix zu, als wir kurz darauf in Flatters Dienstwagen saßen.

»Aber du glaubst es doch selbst«, flüsterte ich zurück.

»Quatsch!« Mein Bruder schüttelte den Kopf. Herr Kasimir pfiff empört. Felix sah ihn verunsichert an.

Natürlich hatte ich keine Sekunde ernsthaft vorgehabt, Flatter von Herrn Kasimirs seltsamer Verwandlung zu erzählen. Herr Kasimir selbst hatte mir dringend davon abgeraten. »Flatter hat so viel Fantasie, wie er Humor hat, nämlich null. Das hängt damit zusammen, dass es ihm an Grips fehlt«, sagte er. »Du wirst ihm irgendwie anders verklickern müssen, wie du darauf gekommen bist, dass ich keines natürlichen Todes gestorben bin.«

Das war zum Glück gar nicht so schwierig, wie ich befürchtet hatte. Nach der Festnahme von Edda Koslowski, einer seit vielen Jahren gesuchten Mörderin, war es Flatter ziemlich egal, wie genau ich auf ihre Spur gekommen war. Herr Kasimir fand, dass das typisch für ihn war, und nannte ihn einen oberflächlichen Dünnbrettbohrer. Tatsächlich gab sich Flatter plötzlich erstaunlich schnell damit zufrieden, dass ich eben ein besonders aufmerksames Mädchen war, das zufällig ein falsch zugestelltes Paket entdeckt hatte.

Mit der Festnahme von Edda Koslowski ist die Geschichte fast schon erzählt. Den Rest will ich kurz halten.

Die Polizei fand das Paket noch unangetastet in Herrn Kasimirs Wohnung – ich hatte ja nur Fotos davon gemacht. Und natürlich stimmten die Einstiche und die ganze Vorgehensweise genau mit den präparierten Pralinen in Frau Kasmers Wohnung überein. Außerdem sollte sich noch herausstellen, dass mindestens zwei weitere Morde auf ihr Konto gingen – die Angehörigen der Opfer meldeten sich bei der Polizei, als Elwiras Foto nun erneut durch die Presse ging.

Heiko fassten sie übrigens nur wenige Stunden später. Die beiden hatten ausgemacht, dass sie getrennt untertauchen wollten, um sich dann irgendwo im Ausland wieder zu treffen. Dass der Wunsch nach einem Wiedersehen einseitig war, bemerkte Elwira erst, als sie entdeckte, dass ihr hünenhafter Freund mit dem ergaunerten Geld und dem BMW, den sie ihm geschenkt hatte, die Fliege gemacht hatte. Wenn sie nicht so ein gemeines Monster gewesen wäre, hätte sie einem leidtun können.

Zu Herrn Kasimirs Erleichterung war eine Obduktion nicht nötig, weil die Spurensicherung genug brauchbare Fingerabdrücke auf dem Postpaket fand. »Es wäre mir auch extrem unangenehm, wenn man posthum an mir herumschnippeln würde«, sagte er. »Außerdem habe ich nur für eine Beerdigung Bestattungsvorsorge vereinbart.«

Glücklicherweise erholte sich Frau Kasmer von der Herzattacke. Von ihren Ersparnissen bekam sie jedoch nur einen kleinen Teil wieder. – Ein Happy End mit Abstrichen also.

Für Flatter war die ganze Sache hingegen der perfekte

Glückstreffer. Ohne selbst irgendetwas dazu beigetragen zu haben, verbuchte er die Festnahme ganz für sich. Er wurde von seinen Vorgesetzten belobigt und in der Zeitung gefeiert. Ja sogar unser begriffsstutziger Wachmann wurde groß herausgestellt. Herrn Kasimir fuchste das heftig, aber mir war das nur recht, ich war froh, dass der Albtraum hinter mir lag. Meinen besorgten Eltern erzählte ich nur das Nötigste und ich schärfte Felix ein, dass er den Mund halten sollte, was die Sache mit Bully anging – was er trotz seines Mitteilungsbedürfnisses Mum gegenüber wahrscheinlich sowieso getan hätte –, nicht zuletzt, weil er selbst nicht wusste, was er davon halten sollte.

So weit wäre alles überstanden gewesen – dachte ich.

Aber nur zwei Tage nach Edda Koslowskis Verhaftung standen schon frühmorgens ein Journalist und ein Fotograf vor der Tür. – Die Erklärung: Julia hatte einen Leserbrief geschrieben, in dem sie deutlich machte, dass nicht der großartige Kommissar Flatter den Fall aufgeklärt hatte, sondern eine Schülerin der zehnten Klasse. – Das war natürlich ein gefundenes Fressen.

Jedenfalls lichteten sie mich mit Marlowe und Herrn Kasimir ab, fragten mir ein Loch in den Bauch und machten eine Riesenstory daraus. *Mutiges Mädchen legt Todesengel das Handwerk*. Auf dem Foto seh ich aus wie ein grinsender Maulwurf – vielleicht sollte ich mir jetzt wirklich mal Kontaktlinsen zulegen –, aber Mum und Dad platzten fast vor Stolz.

Ups – Der Akku! – Der macht bestimmt gleich schlapp!

Aber ich bin sowieso am Ende meiner Geschichte. – Und wie schon gesagt, Herr Kasimir bat mich, sie aufzuzeichnen, weil er sagt, dass dieser Fall, nämlich sein 96-ster, sein entscheidendster Mordfall war – und da hat er vermutlich recht.

Ich bin echt froh, dass alles vorbei ist, aber unterm Strich hab ich nicht nur eine Menge über das Leben und den Tod gelernt.

Mein Bruder Felix ist mir seither definitiv näher, und in der Schule hatte ich nach dem Zeitungsbericht plötzlich einen Fanclub. Sie haben mich doch tatsächlich gefragt, ob ich Klassensprecherin werden will – will ich natürlich nicht!

Das Beste ist aber, dass ich zwei fantastische neue Freunde hab: Herrn Kasimir und Marlowe, den treuen Faltensack.

»Herr Kasimir?«

Ich glaub, er ist schon vor zwei Stunden eingeschlafen. Da schlummert er friedlich auf dem schwarzen Marmor in der Abendsonne – ausgerechnet auf dem Wort *Lupus*.

Ja, der Mensch ist dem Menschen ein Wolf! Aber eben denke ich, vielleicht kann man das auch so sehen: Wölfe leben in Rudeln und sie brauchen einander.

»Hallo, Herr Kasimir! – Aufwachen!«

…

»Was sagen Sie? – Ja, ich hab alles im Kasten.«

…

»Eine Zigarette? – Nein, Herr Oberkommissar! Ich zünde Ihnen jetzt keine Zigarette an!«

Verdammt, wann hört er endlich auf zu rauchen?